KB075071

소설가 구보 씨의 일일

소설가 구보 씨의 일일

박태원 소설　　　　　　　**이상** 그림

소전
서가

일러두기

- 이 작품은 1934년 8월 1일부터 9월 19일까지 「조선중앙일보」에
  연재되었다. 그 신문 영인본에서 삽화 이미지를 가져와
  재가공하였으며, 텍스트는 1948년 을유문화사판 『성탄제』에 수록된
  작품을 현대어 표기법을 적용해 발행한 2005년 문학과지성사판
  『소설가 구보 씨의 일일』(한국문학전집 15, 천정환 책임 편집)을
  저본으로 삼았다.
- 당시 작가의 원문에 충실히 따르는 것을 원칙으로 하되, 맞춤법과
  띄어쓰기는 최대한 현행 표기법을 따랐다. 작품의 분위기에 영향을
  준다고 판단되는 방언, 속어, 고어, 외래어 등은 원문 그대로
  표기하였다.
- 신문 연재 시 그린 이의 이름을 〈하융(河戎)〉으로 표기하였으나,
  이 책에서는 우리에게 잘 알려진 이름인 〈이상〉으로 표시하였다.
- 대화와 작품은 「 」, 책 제목은 『 』, 강조나 인용은 〈 〉로 표시했다.
- 뜻풀이가 필요하다고 판단되는 낱말에는 편집자가 주를 달았다.

차례

1

어머니는

아들이 제 방에서 나와, 마루 끝에 놓인 구두를 신고, 기둥 못에 걸린 단장短杖을 떼어 들고, 그리고 문간으로 향해 나가는 소리를 들었다.

「어디, 가니?」

대답은 들리지 않았다.

중문 앞까지 나간 아들은, 혹은, 자기의 한 말을 듣지 못하였는지도 모른다. 또는, 아들의 대답 소리가 자기의 귀에까지 이르지 못하였는지도 모른다. 그 둘 중의 하나라고 생각한 어머니는 이번에는 중문 밖에까지 들릴 목소리를 내었다.

「일쯕어니, 들어오너라.」

역시, 대답은 들리지 않았다.

1

중문이 소리를 내어 열려지고, 또 소리를 내어 닫혀졌다. 어머니는 얇은 실망을 느끼려는 자기 자신을 스스로 위로하려 한다. 중문 소리만 크게 나지 않았다면, 아들의 〈네─〉 소리를, 혹은 들을 수 있었을지도 모른다…

어머니는 다시 바느질을 하며, 대체, 그애는, 매일, 어딜, 그렇게, 가는, 겐가, 하고 그런 것을 생각해 본다.

직업과 아내를 갖지 않은, 스물여섯 살짜리 아들은, 늙은 어머니에게는 온갖 종류의, 근심, 걱정거리였다. 우선, 낮에 한번 집을 나서면, 아들은 밤늦게나 되어 돌아왔다.

늙고, 쇠약한 어머니는, 자리도 깔지 않고, 맨바닥에 가, 팔을 괴고 누워, 아들을 기다리다가 곧잘 잠이 든다. 편안하지 못한 잠은, 두 시간씩 세 시간씩 계속될 수 없다. 잠깐 잠이 들었다, 깰 때마다, 어머니는 고개를 들어 아들의 방을 바라보고, 그리고, 기둥에 걸린 시계를 쳐다본다.

자정─그리 늦지는 않았다. 이제 아들은 돌아올 게다. 어머니는 아들이 어서 돌아와지라 빌며, 또 어느 틈엔가 꼬빡 잠이 든다.

그가 두 번째 잠을 깨는 것은 새로 한 점 반이나, 두 점, 그러한 시각이다. 아들의 방에는 그저 불이 켜 있다.

아들은 잘 때면 반드시 불을 끈다. 그러나, 혹은, 어느 틈엔가 아들은 돌아와 자리에 누워 책이라도 읽고 있는 게 아닐까. 아들에게는 그런 버릇이 있다.

어머니는 소리 안 나게 아들의 방 앞에까지 걸어가 가만히 안을 엿듣는다. 마침내, 어머니는 방문을 열어 보고, 입때 웬일일까, 호젓한 얼굴을 하고, 다시 방문을 닫으려다 말고, 방 안으로 들어 온다.

나이 찬 아들의, 기름과 분 냄새 없는 방이, 늙은 어머니에게는 애달팠다. 어머니는 초저녁에 깔아 놓은 채 그대로 있는, 아들의 이부자리와 베개를 바로고쳐 놓고, 그리고 그 옆에 가 앉아 본다. 스물여섯 해를 길렀어도 종시 마음이 놓이지 않는 것은 자식이었다. 설혹 스물여섯 해를 스물여섯 곱하는 일이 있다더래도, 어머니의 마음은 늘 걱정으로 차리라. 그래도 어머니는 그가 작은며느리를 보면, 이렇게 밤늦게 한 가지 걱정을 덜 수 있으리라 생각한다.

「참 이 애는 왜 장가를 들려구 안 하는 젠구.」

언제나 혼인 말을 꺼내면, 아들은 말하였다.

「돈 한푼 없이 어떻게 기집을 멕여 살립니까?」

허지만… 어떻게 도리야 있느니라. 어디 월급쟁이가 되더라도, 두 식구 입에 풀칠이야 못헐라구…

어머니는 어디 월급 자리라도 구할 생각은 없이, 밤낮으로, 책이나 읽고 글이나 쓰고, 혹은 공연스레 밤

중까지 쏘다니고 하는 아들이, 보기에 딱하고, 또 답답하였다.

「그래두 장가를 들어 노면 맘이 달러지지.」

「제 기집 귀여운 줄 알면, 자연, 돈 벌 궁릴 하겠지.」

작년 여름에 아들은 한 〈색시〉를 만나 본 일이 있다. 그 애면, 저두 싫다구는 않겠지. 이제 이놈이 들어오거든 단단히 따져 보리라… 그리고 어머니는 어느 틈엔가 손주 자식을 눈앞에 그려 보기조차 한다.

소설가 구보 씨의 일일

2

아들은

그러나, 돌아와, 채 어머니가 뭐라고 말할 수 있기 전에, 입때 안 주무셨어요, 어서 주무세요, 그리고 자리옷으로 갈아입고는 책상 앞에 앉아, 원고지를 펴놓는다.

그런 때 옆에서 무슨 말이든 하면, 아들은 언제든 불쾌한 표정을 지었다. 그것은 어머니의 마음을 아프게 한다. 그래, 어머니는 가까스로, 늦었으니 어서 자거라, 그걸랑 낼 쓰구… 한마디를 하고서 아들의 방을 나온다.

「얘기는 낼 아침에래두 허지.」

그러나 열한 점이나 오정에야 일어나는 아들은, 그대로 소리 없이 밥을 떠먹고는 나가 버렸다.

때로, 글을 팔아 몇 푼의 돈을 구할 수 있을 때, 그 어느 한 경우에, 아들은 어머니를 보고, 뭐 잡수시구 싶으신 거 없어요, 그렇게 묻는 일이 있었다.

어머니는 직업을 가지지 못한 아들이, 그래도 어떻게 몇 푼의 돈을 만들어, 자기에게 그런 말을 할 수 있는 것을 신기하게 기뻐하였다.

「어서 내 생각 말구, 네 양말이나 사 신어라.」

그러면, 아들은, 으레, 제 고집을 세웠다. 아들의 고집 센 것을, 물론 어머니는 좋게 생각 안 했다. 그러나 이러한 경우라면, 아들이 고집을 세우면 세울수록 어머니는 만족하였다. 어머니의 사랑은 보수를 원하지 않지만, 그래도 자식이 자기에게 대한 사랑을 보여 줄 때, 그것은 어머니를 기쁘게 해준다.

대체 무얼 사줄 테냐. 뭐든 어머니 마음대로. 먹는 게 아니래도 좋으냐. 네ㅡ. 그래 어머니는 에누리 없이 욕망을 말해 본다.

「너, 나, 치마 하나 해주려무나.」

아들이 흔연히 응낙하는 걸 보고,

「네 아주멈1은 뭐 안 해주니?」

아들은 치마 두 감의 가격을 묻고, 그리고 갑자기 엄숙한 얼굴을 한다. 혹은 밤을 새우기까지 해 아들이 번 돈은, 결코, 대단한 액수의 것이 아니었다. 그래, 어머니는 말한다.

「그럼 네 아주멈이나 해주렴.」

아들은, 아니에요, 넉넉해요. 갖다 끊으세요. 그리고 돈을 내놓았다.

어머니는, 얼마를 주저한다. 그러나, 마침내, 그는 가장 자랑스러이 돈을 집어 들고, 애애 옷감 바꾸러 나가자, 아재비가 치마 허라구 돈을 주었다. 네 아재비가… 그렇게 건넌방에서 재봉틀을 놀리고 있던 맏며느리를 신기하게 놀래어 준다.

치마가 되면, 어머니는 그것을 입고, 나들이를 하였다.

일갓집 대청에 가 주인 아낙네와 마주 앉아, 갓난애같이 어머니는 치마 자랑할 기회를 엿본다. 주인마누라가, 섣불리, 참, 치마 좋은 거 해 입으셨구면, 이라고나 한다면, 어머니는 서슴지 않고,

「이거 내 둘째 아이가 해준 거죠. 제 아주멈 해2하구, 이거하구…」

이렇게 묻지도 않은 말을 하였다. 어머니는 그것이 아들의 훌륭한 자랑거리라 생각하였다.

자식을 자랑할 때, 어머니는 얼마든지 뻔뻔스러울 수 있다.

그러나 그런 일은 늘 있을 수 없다. 어머니는 역시, 글을 쓰는 것보다는 월급쟁이가 몇 갑절 낫다고 생각하고, 그리고 그렇게 재주 있는 내 아들은 무엇을 하든 잘하리라고 혼자 작정해 버린다. 아들은 지금 세상에

2

서 월급 자리 얻기가 얼마나 힘든 것인가를 말한다. 하지만, 보통학교만 졸업하고도, 고등학교만 나오고도, 회사에서 관청에서 일들만 잘하고 있는 것을 알고 있는 어머니는, 고등학교를 졸업하고도, 또 동경엘 건너가 공불 하고 온 내 아들이, 구해도 일자리가 없다는 것이 도무지 믿어지지가 않았다.

3

구보는

집을 나와 천변 길을 광교로 향해 걸어가며, 어머니에게 단 한마디 「네—」 하고 대답 못했던 것을 뉘우쳐 본다. 하기야 중문을 여닫으며 구보는 「네—」 소리를 목구멍까지 내어 보았던 것이나 중문과 안방과의 거리는 제법 큰 소리를 요구하였고, 그리고 공교롭게 활짝 열린 대문 앞을, 때마침 세 명의 여학생이 웃고 떠들며 지나갔다.

그렇더라도 대답은 역시 해야만 하였었다고, 구보는 어머니의 외로워할 때의 표정을 눈앞에 그려 본다. 처녀들은 어느 틈엔가 그의 시야에서 사라졌다.

구보는 마침내 다리 모퉁이에까지 이르렀다. 그의 일 있는 듯싶게 꾸미는 걸음걸이는 그곳에서 멈추어

3

진다. 그는 어딜 갈까, 생각해 본다. 모두가 그의 갈 곳이었다. 한 군데라 그가 갈 곳은 없었다.

한낮의 거리 위에서 구보는 갑자기 격렬한 두통을 느낀다. 비록 식욕은 왕성하더라도, 잠은 잘 오더라도, 그것은 역시 신경 쇠약에 틀림없었다.

구보는 떠름한 얼굴을 해본다.

臭 剝취 박[3]	4.0
臭 那취 나	2.0
臭 安취 안	2.0
若 丁약 정	4.0
水물	200.0
一日 三回分服 二日分일일 삼회분복 이일분	

그가 다니는 병원의 젊은 간호부가 반드시 〈삼삐스이〉라고 발음하는 이 약은 그에게는 조그마한 효험도 없었다.

그러자 구보는 갑자기 옆으로 몸을 비킨다. 그 순간 자전거가 그의 몸을 가까스로 피해 지났다. 자전거 위의 젊은이는 모멸 가득한 눈으로 구보를 돌아본다. 그는 구보의 몇 칸통 뒤에서부터 요란스레 종을 울렸던 것임에 틀림없었다. 그것을 위험이 박두하였을 때에야 비로소 몸을 피할 수 있었던 것은 반드시 그가

〈삼B水〉의 처방을 외우고 있었기 때문만이 아니었다.

구보는, 자기의 왼편 귀 기능에 스스로 의혹을 갖는다. 병원의 젊은 조수는 결코 익숙하지 못한 솜씨로 그의 귓속을 살피고, 그리고 대담하게도 그 안이 몹시 불결한 까닭 외에 아무 이상이 없다고 선언하였다. 한 덩어리의 〈귀지〉를 갖기보다는 차라리 사 주일간 치료를 요하는 중이염을 앓고 싶다 생각하는 구보는, 그의 선언에 무한한 굴욕을 느끼며, 그래도 매일 신경질하게 귀 안을 소제하였었다.

그러나, 구보는 다행하게도 중이 질환을 가진 듯싶었다. 어느 기회에 그는 의학 사전을 뒤적거려 보고, 그리고 별 까닭도 없이 자기는 중이가답아中耳可答兒4에 걸렸다고 혼자 생각하였다. 사전에 의하면 중이가답아에는 급성 급 만성이 있고, 만성 중이가답아에는 또 다시 이를 만성 건성 급 만성 습성의 이자二者로 나눈다 하였는데, 자기의 이질은 그 만성 습성의 중이가답아에 틀림없다고 구보는 작정하고 있었다.

그러나 부실한 것은 그의 왼쪽 귀뿐이 아니었다. 구보는 그의 오른쪽 귀에도 자신을 갖지 못한다. 언제든 쉬이 전문의를 찾아 보아야겠다고 생각은 하면서도, 일 년이나 그대로 내버려 둔 채 지내 온 그는, 비교적 건강한 그의 오른쪽 귀마저 또 한편 귀의 난청 보충으로 그 기능을 소모시키고, 그리고 불원한 장래에

〈듄 케르 청장관聽長管〉이나 전기 보청기의 힘을 빌리
지 않으면 안 될지도 모른다.

소설가 구보 씨의 일일

4

구보는

갑자기 걸음을 걷기로 한다. 그렇게 우두커니 다리 곁에 가 서 있는 것의 무의미함을 새삼스러이 깨달은 까닭이다. 그는 종로 네거리를 바라보고 걷는다. 구보는 종로 네거리에 아무런 사무도 갖지 않는다. 처음에 그가 아무렇게나 내어놓았던 바른발이 공교롭게도 왼편으로 쏠렸기 때문에 지나지 않는다.

갑자기 한 사람이 나타나 그의 앞을 가로질러 지난다. 구보는 그 사내와 마주칠 것 같은 착각을 느끼고, 위태롭게 걸음을 멈춘다.

그리고 다음 순간, 구보는, 이렇게 대낮에도 조금의 자신을 가질 수 없는 자기의 시력을 저주한다. 그의 코 위에 걸려 있는 이십사 도의 안경은 그의 근시를 도와주었으나, 그의 망막에 나타나 있는 무수한 맹점을 제거하는 재주는 없었다. 총독부 병원 시대의 구보의 시력 검사표는 그저 그 우울한 〈안과 재래眼科在來〉의 책상 서랍 속에 들어 있을지도 모른다.

R, 4   L, 3

구보는, 이 주일간 열병을 앓은 끝에, 갑자기 쇠약해진 시력을 호소하러 처음으로 안과의와 대하였을 때의, 그 조그만 테이블 위에 놓여 있던 〈시야 측정기〉를 지금 기억하고 있다. 제 자신 강도強度의 안경을 쓰고 있던 의사는, 백묵을 가져 그 위에 용서 없이 무수한 맹점을 찾아내었었다.

그래도, 구보는, 약간 자신이 있는 듯싶은 걸음걸이로 전차 선로를 두 번 횡단해 화신상회 앞으로 간다. 그리고 저도 모를 사이에 그의 발은 백화점 안으로 들어서기조차 하였다.

젊은 내외가, 너덧 살 되어 보이는 아이를 데리고 그곳에 가 승강기를 기다리고 있었다. 이제 그들은 식당으로 가서 그들의 오찬을 즐길 것이다. 흘낏 구보를 본 그들 내외의 눈에는 자기네들의 행복을 자랑하고 싶어 하는 마음이 엿보였는지도 모른다. 구보는, 그들을 업신여겨 볼까 하다가, 문득 생각을 고쳐, 그들을 축복해 주려 하였다. 사실, 사오 년 이상을 같이 살아 왔으면서도, 오히려 새로운 기쁨을 가져 이렇게 거리로 나온 젊은 부부는 구보에게 좀 다른 의미로서의 부러움을 느끼게 하였는지도 모른다. 그들은 분명히 가정을 가졌고, 그리고 그들은 그곳에서 당연히 그들의 행복을 찾을 게다.

승강기가 내려와 서고 문이 열려지고, 닫혀지고, 그리고 젊은 내외는 수남壽男이나 복동福童이와 더불어 구보의 시야를 벗어났다.

구보는 다시 밖으로 나오며, 자기는 어디 가 행복을 찾을까 생각한다. 발 가는 대로, 그는 어느 틈엔가 안전지대에 가 서서, 자기의 두 손을 내려다보았다. 한 손의 단장과 또한 손의 공책과—물론 구보는 거기에서 행복을 찾을 수는 없다.

안전지대 위에, 사람들은 서서 전차를 기다린다. 그들에게, 행복은 알 수 없다. 그러나 그들은 분명히, 갈 곳만은 가지고 있었다.

전차가 왔다. 사람들은 내리고 또 탔다. 구보는 잠깐 멍하니 그곳에 서 있었다. 그러나 자기와 더불어 그곳에 있던 온갖 사람들이 모두 저 차에 오른다 보았을 때, 그는 저 혼자 그곳에 남아 있는 것에, 외로움과 애달픔을 맛본다. 구보는, 움직인 전차에 뛰어 올랐다.

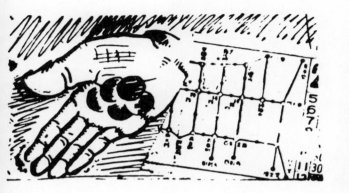

5

전차 안에서

구보는, 우선, 제 자리를 찾지 못한다. 하나 남았던 좌석은 그보다 바로 한 걸음 먼저 차에 오른 젊은 여인에게 점령당했다. 구보는, 차장대車掌臺 가까운 한구석에 가 서서, 자기는 대체, 이 동대문행 차를 어디까지 타고 가야 할 것인가를, 대체, 어느 곳에 행복은 자기를 기다리고 있을 것인가를 생각해 본다.

이제 이 차는 동대문을 돌아 경성운동장 앞으로 해서… 구보는, 차장대, 운전대로 향한, 안으로 파란 융을 받쳐 댄 창을 본다. 전차과電車課에서는 그곳에 〈뉴스〉를 게시한다. 그러나 사람들은, 요사이 축구도 야구도 하지 않는 모양이었다.

장충단으로. 청량리로. 혹은 성북동으로. …그러나

5

요사이 구보는 교외를 즐기지 않는다. 그곳에는, 하여튼 자연이 있었고, 한적이 있었다. 그리고 고독조차 그곳에는, 준비되어 있었다. 요사이, 구보는 고독을 두려워한다.

일찍이 그는 고독을 사랑한 일이 있었다. 그러나 고독을 사랑한다는 것은 그의 심경의 바른 표현이 못 될 게다. 그는 결코 고독을 사랑하지 않았는지도 모른다. 아니 도리어 그는 그것을 그지없이 무서워하였는지도 모른다. 그러나 그는 고독과 힘을 겨루어, 결코 그것을 이겨 내지 못하였다. 그런 때, 구보는 차라리 고독에게 몸을 떠맡겨 버리고, 그리고, 스스로 자기는 고독을 사랑하고 있는 것이라고 꾸며 왔는지도 모를 일이다…

표, 찍읍쇼— 차장이 그의 앞으로 왔다. 구보는 단장을 왼팔에 걸고, 바지 주머니에 손을 넣었다. 그러나 그가 그 속에서 다섯 닢의 동전을 골라내었을 때, 차는 종묘 앞에 서고, 그리고 차장은 제자리로 돌아갔다.

구보는 눈을 떨어뜨려, 손바닥 위의 다섯 닢 동전을 본다. 그것들은 공교롭게도, 모두가 뒤집혀 있었다. 대정大正 12년. 11년. 11년. 8년. 12년. 대정 54년—,[5] 구보는 그 숫자에서 어떤 한 개의 의미를 찾아내려 들었다. 그러나 그것은 부질없는 일이었고, 그리고 또 설혹 그것이 무슨 의미를 가지고 있었다 하더라도, 그것은 적어도 〈행복〉은 아니었을 게다.

차장이 다시 그의 옆으로 왔다. 어디를 가십니까. 구보는 전차가 향해 가는 곳을 바라보며 문득 창경원에라도 갈까, 하고 생각한다. 그러나 그는 차장에게 아무런 사인도 하지 않았다. 갈 곳을 갖지 않은 사람이, 한번, 차에 몸을 의탁하였을 때, 그는 어디서든 섣불리 내릴 수 없다.

차는 서고, 또 움직였다. 구보는 창밖을 내다보며, 문득, 대학병원에라도 들를 것을 그랬나 해본다. 연구실에서, 벗은, 정신병을 공부하고 있었다. 그를 찾아가, 좀 다른 세상을 구경하는 것은, 행복은 아니어도, 어떻든 한 개의 일일 수 있다…

구보가 머리를 돌렸을 때, 그는 그곳에, 지금 막 차에 오른 듯싶은 한 여성을 보고, 그리고 신기하게 놀랐다. 집에 돌아가, 어머니에게 오늘 전차에서 〈그 색시〉를 만났죠 하면, 어머니는 응당 반색을 하고, 그리고,「그래서 그래서」, 뒤를 캐어물을 게다. 그가 만일, 오직 그뿐이라고라도 말한다면, 어머니는 실망하고, 그리고 그를 주변머리 없다고 책할지도 모른다. 그러나 누가 그 일을 알고, 그리고 아들을 졸ᄤ하다고라도 말한다면, 어머니는, 내 아들은 원체 얌전해서… 그렇게 변호할 게다.

구보는 여자와 시선이 마주칠까 겁怯하여, 얼토당토않은 곳을 보며, 저 여자는 내가 여기 있는 것을 보았을까, 하고 생각한다.

5

꿈에라도생각

6

여자는

혹은, 그를 보았을지도 모른다. 전차 안에, 승객은 결코 많지 않았고, 그리고 자리가 몇 군데 비어 있음에도 불구하고, 구석에 가 서 있는 사람이란, 남의 눈에 띄기 쉽다. 여자는 응당 자기를 보았을 게다. 그러나, 여자는 능히 자기를 알아볼 수 있었을까. 그것은 의문이다. 작년 여름에 단 한 번 만났을 뿐으로, 이래 일 년간 길에서라도 얼굴을 대한 일이 없는 남자를 그렇게 쉽사리 여자는 알아내지 못할 게다. 그러나, 자기가 기억하고 있는 여자에게, 자기의 기억이 없으리라고 생각하는 것은, 누구에게 있어서든, 외롭고 또 쓸쓸한 일이다. 구보는, 여자와의 회견 당시의 자기의 그 대담한, 혹은 뻔뻔스러운 태도와 화술이, 그에게 적잖이 인상

6

주었으리라고 생각하고, 그리고 여자는 때때로 자기를 생각해 주고 있었다고 믿고 싶었다.

그는 분명히 나를 보았고 그리고 나를 나라고 알았을 게다. 그러한 그는 지금 어떠한 느낌을 가지고 있을까, 그것이 구보는 알고 싶었다.

그는 결코 대담하지 못한 눈초리로, 비스듬히 두 칸통 떨어진 곳에 앉아 있는 여자의 옆얼굴을 곁눈질하였다. 그리고 다음 순간, 그와 눈이 마주칠 것을 겁하여 시선을 돌리며, 여자는 혹은 자기를 곁눈질한 남자의 꼴을, 곁눈으로 느꼈을지도 모르겠다고, 그렇게 생각하여 본다. 여자는 남자를 그 남자라 알고 그리고 남자가 자기를 그 여자라 안 것을 알고 있을지도 모른다. 이러한 경우에, 나는 어떠한 태도를 취해야 마땅할까 하고, 구보는 그러한 것에 머리를 썼다. 알은 체를 해야 옳을지도 몰랐다. 혹은 모른 체하는 게 정당한 인사일지도 몰랐다. 그 둘 중에 어느 편을 여자는 바라고 있을까. 그것을 알았으면, 하였다. 그러다가, 갑자기, 그러한 것에 마음을 태우고 있는 자기가 스스로 괴이하고 우스워, 나는 오직 요만 일로 이렇게 흥분할 수가 있었던가 하고 스스로를 의심해 보았다. 그러면 나는 마음속 그윽이 그를 생각하고 있었던지도 모르겠다고 생각해 보았다. 그러나 그가 여자와 한 번 본 뒤로, 이래 일 년간, 그를 일찍이 한 번도 꿈에 본 일이 없었던 것을 생각해 내었을 때, 자기는 역시 진정으로 그를 사랑하고 있는 것은 아닌지도 모르겠다고, 그러한 생각이 들었다. 만약 그렇다면 자기가 여자의 마음을 헤아려 보고, 그리고 이리저리 공상을 달리고 하는 것은, 이를테면, 감정의 모독이었고, 그리고 일종의 죄악이었다.

그러나 만일 여자가 자기를 진정으로 그리고 있다면—

구보가, 여자 편으로 눈을 주었을 때, 그러나, 여자는 자리에서 일어나 양산을 들고 차가 동대문 앞에 정차하기를 기다려 내려갔다. 구보의 마음은 또 한 번 동요하며, 창 너머로 여자가 청량리행 전차를 기다리느라, 그곳 안전지대로 가 서는 것을 보았을 때, 그는 자기도 차에서 곧 내리고 싶은 충동을 느꼈다. 그러나, 여자가 청량리행 전차 속에서 자기를 또 한 번 발견하고, 그리고 자기가 일도 없건만, 오직 여자와의 사이에 어떠한 기회를 엿보기 위해 그 차를 탄 것에 틀림없다는 것을 눈치챌 때, 여자는 그러한 자기를 얼마나 천박하게 생각할까. 그래, 구보가 망설거리는 동안, 전차는 달리고, 그들의 사이는 멀어졌다. 마침내 여자의 모양이 완전히 그의 시야에서 떠났을 때, 구보는 갑자기, 아차, 하고 뉘우친다.

7

행복은,

그가 그렇게도 구해 마지않던 행복은, 그 여자와 함께 영구히 가버렸는지도 모른다. 여자는 자기에게 던져 줄 행복을 가슴에 품고서, 구보가 마음의 문을 열어 가까이 와주기를 갈망하였는지도 모른다. 왜 자기는 여자에게 좀 더 대담하지 못하였나. 구보는, 여자가 가지고 있는 온갖 아름다운 점을 하나하나 세어 보며, 혹은 이 여자 말고 자기에게 행복을 약속해 주는 이는 없지나 않을까, 하고 그렇게 생각하였다.

방향판을 한강교로 갈고 전차는 훈련원을 지났다. 구보는 자리에 앉아, 주머니에서 오 전 백동화白銅貨를 골라 꺼내면서, 비록 한 번도 꿈에 본 일은 없었더라도, 역시 그가 자기에게는 유일한 여자가 아닐까 하고 생각해 본다.

7

자기가, 그를, 그동안 대수롭지 않게 여겨 왔던 것 같이 생각하는 것은, 구보가 제 감정을 속인 것에 지나지 않을지도 모른다. 그가 여자를 만나 보고 돌아왔을 때, 그는 집에서 아들을 궁금히 기다리고 있던 어머니에게 〈그 여자면〉 정도의 뜻을, 표하였었던 것에 틀림없었다. 그러나 구보는, 어머니가 색싯집으로 솔직하게 구혼할 것을 금하였다. 그것은 허영심만에서 나온 일은 아니다. 그는 여자가 자기 생각을 안 하고 있는 경우에 객쩍게시리 여자를 괴롭혀 주고 싶지 않았던 까닭이다. 구보는 여자의 의사와 감정을 존중하고 싶었다.

　　그러나, 물론, 여자에게서는 아무런 말도 하여 오지 않았다. 구보는, 여자가 은근히 자기에게서 무슨 말이 있기를 기다리고 있는 것이나 아닐까, 하고도 생각해 보았다. 그러나 그런 것을 생각하는 것은 제 자신 우스운 일이다. 그러는 동안에, 날은 가고, 그리고 그것에 대한 흥미를 구보는 잃기 시작하였다. 혹시, 여자에게서라도 먼저 말이 있다면―. 그러면 구보는 다시 이 문제에 흥미를 가질 수 있을 게다. 언젠가 여자의 집과 어떻게 인척 관계가 있는 노마나님이 와서 색싯집에서도 이편의 동정만 살피고 있는 듯싶더란 말을 들었을 때, 구보는 쓰디쓰게 웃고, 그리고 그것이 사실이라면, 그것은 희극이라느니보다는, 오히려 한 개의 비극이라고 생각하였다. 그러면서도 구보는 그 비극에서 자기네들을 구하기 위해 팔을 걷고 나서려 들지 않았다.

전차가 약초정若草町6 근처를 지나갈 때, 구보는, 그러나, 그 흥분에서 깨어나, 뜻 모를 웃음을 입가에 띠어 본다. 그의 앞에 어떤 젊은 여자가 앉아 있었다. 그 여자는 자기의 두 무릎 사이에다 양산을 놓고 있었다. 어느 잡지에선가, 구보는 그것이 비非처녀성을 나타내는 것임을 배운 일이 있다. 딴은, 머리를 틀어 올렸을 뿐이나, 그만한 나이로는 저 여인은 마땅히 남편을 가졌어야 옳을 게다. 아까, 그는 양산을 어디다 놓고 있었을까 하고, 구보는, 객쩍은 생각을 하다가, 여성에게 대해 그러한 관찰을 하는 자기는, 혹은 어떠한 여자를 아내로 삼든 반드시 불행하게 만들어 주지나 않을까, 하고 생각하였다. 그러나 여자는―. 여자는 능히 자기를 행복되게 해줄 것인가. 구보는 자기가 알고 있는 온갖 여자를 차례로 생각해 보고, 그리고 가만히 한숨지었다.

8

일찍이

구보는 벗의 누이에게 짝사랑을 느낀 일이 있었다. 어
느 여름날 저녁, 그가 벗을 찾았을 때, 문간으로 그를
응대하러 나온 벗의 누이는, 혹은 정말, 나어린 구보
가 동경의 마음을 갖기에 알맞도록 아름답고, 깨끗하
였는지도 모른다. 열다섯 살짜리 문학 소년은 그를 사
랑하고 싶다 생각하고, 뒷날 그와 결혼할 수 있다 하
면, 응당 자기는 행복이리라 생각하고, 자주 벗을 찾
아가 그와 만날 기회를 엿보고, 혹 만나면 저 혼자 얼
굴을 붉히고, 그리고 돌아와 밤늦게 여러 편의 연애시
를 초草하였다.[7] 그러나, 그가 자기보다 세 살이나 위
라는 것을 생각할 때, 구보의 마음은 불안하였다. 자
기가 한 여자의 앞에서 자기의 사랑을 고백해도 결코

8   51

서투르지 않을 나이가 되었을 때, 여자는, 이미, 그 전에, 다른, 더 나이 먹은 이의 사랑을 용납해 버릴 게다.

그러나 구보가 그것에 대하여 아무런 대책도 강구할 수 있기 전에, 여자는, 참말, 나이 먹은 남자의 품으로 갔다. 열일곱 살 먹은 구보는, 자기의 마음이 퍽 괴롭고 슬픈 것같이 생각하려 들고, 그리고, 그러면서도, 그들의 행복을, 특히 남자의 행복을, 빌려 들었다. 그러한 감정은 그가 읽은 문학서류類에 얼마든지 쓰어 있었다. 결혼 비용 삼천 원. 신혼여행은 동경으로. 관수동에 그들 부처를 위해 개축된 집은 행복을 보장하는 듯싶었다.

이번 봄에 들어서서, 구보는 벗과 더불어 그들을 찾았다. 이미 두 아이의 어머니인 여인 앞에서, 구보는 얼굴을 붉히는 일 없이 평범한 이야기를 서로 할 수 있었다. 구보가 일곱 살 먹은 사내아이를 영리하다고 칭찬하였을 때, 젊은 어머니는, 그러나 그 애가 이 골목 안에서는 그중 나이 어림을 말하고, 그리고 나이 먹은 아이들이란, 저희보다 적은 아이에게 대해 얼마든지 교활할 수 있음을 한탄하였다. 언제든 딱지를 가지고 나가서는, 최후의 한 장까지 빼앗기고 들어오는 아들이 민망해, 하루는 그 뒤에 연필로 하나하나 표를 해주고 그것을 또 다 잃고 돌아왔을 때, 그는 골목 안의 아이들을 모아, 그들이 가지고 있는 딱지에서 원래의 내 아이 물건을 가려내어, 거의 모조리 회수할 수 있었다는 이야기를, 젊은 어머니는 일종의 자랑조차 가지고 구보에게 들려주었었다…

구보는 가만히 한숨짓는다. 그가 그 여인을 아내로 삼을 수 없었던 것은, 결코 불행이 아니었다. 그러한 여인은, 혹은, 한평생을 두고, 구보에게 행복이 무엇임을 알 기회를 주지 않았을지도 모른다.

조선은행 앞에서 구보는 전차를 내려, 장곡천정長谷川町8으로 향한다. 생각에 피로한 그는 이제 마땅히 다방에 들러 한 잔의 홍차를 즐겨야 할 것이다.

몇 점이나 되었나. 구보는, 그러나, 시계를 갖지 않았다. 갖는다면, 그는 우아한 회중시계를 택할 게다. 팔뚝시계는— 그것은 소녀 취미에나 맞을 게다. 구보는 그렇게도 팔뚝시계를 갈망하던 한 소녀를 생각하였다. 그는 동리에 전당典當 나온 십팔금 팔뚝시계를 탐내고 있었다. 그것은 사 원 팔십 전에 구할 수 있었다. 그리고, 그는, 그 시계 말고, 치마 하나를 해 입을 수 있을 때에, 자기는 행복의 절정에 이를 것같이 생각하고 있었다.

〈벰베르구〉 실로 짠 보이루 치마.9 삼 원 육십 전. 하여튼 팔 원 사십 전이 있으면, 그 소녀는 완전히 행복일 수 있었다. 그러나, 구보는, 그 결코 크지 못한 욕망이 이루어졌음을 듣지 못했다.

구보는, 자기는, 대체, 얼마를 가져야 행복일 수 있을까 생각해 본다.

9

다방의

오후 두 시, 일을 가지지 못한 사람들이 그곳 등의자에 앉아, 차를 마시고, 담배를 태우고, 이야기를 하고, 또 레코드를 들었다. 그들은 거의 다 젊은이들이었고, 그리고 그 젊은이들은 그 젊음에도 불구하고, 이미 자기네들은 인생에 피로한 것같이 느꼈다. 그들의 눈은 그 광선이 부족하고 또 불균등한 속에서 쉴 새 없이 제각각의 우울과 고달픔을 하소연한다. 때로, 탄력 있는 발소리가 이 안을 찾아들고, 그리고 호화로운 웃음소리가 이 안에 들리는 일이 있었다. 그러나 그것들은 이곳에 어울리지 않았고, 그리고 무엇보다도 다방에 깃들인 무리들은 그런 것을 업신여겼다.

구보는 아이에게 한 잔의 가배珈琲10 차와 담배를

57

청하고 구석진 등탁자로 갔다. 나는 대체 얼마가 있으면— 그의 머리 위에 한 장의 포스터가 걸려 있었다. 어느 화가의 「도구유별전渡歐留別展」. 구보는 자기에게 양행비洋行費[11]가 있으면, 적어도 지금 자기는 거의 완전히 행복일 수 있으리라 생각한다. 동경에라도—. 동경도 좋았다. 구보는 자기가 떠나온 뒤의 변한 동경이 보고 싶다 생각한다. 혹은 더 좀 가까운 데라도 좋았다. 지극히 가까운 데라도 좋았다. 오십 리 이내의 여정에 지나지 않더라도, 구보는, 조그만 〈슈트케이스〉를 들고 경성역에 섰을 때, 응당 자기는 행복을 느끼리라 믿는다. 그것은 금전과 시간이 주는 행복이다. 구보에게는 언제든 여정에 오르려면, 오를 수 있는 시간의 준비가 있었다…

구보는 차를 마시며, 약간의 금전이 가져다줄 수 있는 온갖 행복을 손꼽아 보았다. 자기도, 혹은, 팔 원 사십 전을 가지면, 우선, 조그만 한 개의, 혹은, 몇 개의 행복을 가질 수 있을 게다. 구보는, 그러한 제 자신을 비웃으려 들지 않았다. 오직 고만한 돈으로 한때, 만족할 수 있는 그 마음은 애달프고 또 사랑스럽지 않은가.

구보는 담배에 불을 붙이며 자기가 원하는 최대의 욕망은 대체 무엇일꼬, 하였다. 석천탁목石川啄木[12]은, 화롯가에 앉아 곰방대를 닦으며, 참말로 자기가 원하는 것이 무엇일꼬, 생각하였다. 그러나 그것은 있을 듯하면서도 없었다. 혹은, 그럴 게다. 그러나 구태여 말해, 말할 수 없을 것도 없을 게다. 願車馬衣輕裘 與朋友共 敝之而無憾원거마의경구 어붕우공 폐지이무감**13**은 자로子路의 뜻이요 座上客常滿 樽中酒不空좌상객상만 준중주불공**14**은 공융孔融의 원하는 바였다. 구보는, 저도 역시, 좋은 벗들과 더불어 그 즐거움을 함께하였으면 한다.

갑자기 구보는 벗이 그리워진다. 이 자리에 앉아 한 잔의 차를 나누며, 또 같은 생각 속에 있고 싶다 생각한다…

구둣발 소리가 바깥 포도鋪道를 걸어와, 문 앞에 서고, 그리고 다음에 소리도 없이 문이 열렸다. 그러나 그는 구보의 벗이 아니었다. 뿐만 아니라, 두 사람의 시선이 마주쳤을 때, 두 사람은 거의 일시에 머리를 돌리고 그리고 구보는 그의 고요한 마음속에 음울을 갖는다.

10

그 사내와,

구보는, 일찍이, 인사를 한 일이 있었다. 그러나, 그것은 공교롭게도 어두운 거리에서였다. 한 벗이 그를 소개하였다. 말씀은 많이 들었습니다, 하고 그는 말하였었다. 사실 그는 구보의 이름과 또 얼굴을 전부터 알고 있었던 것임에 틀림없었다. 그러나 구보는, 구보는 그를 몰랐다. 모른 채 어두운 곳에서 그대로 헤어져 버린 구보는 뒤에 그를 만나도, 그를 그라고 알아내지 못하였다. 그 사내는 구보가 자기를 보고도 알은체 안 하는 것에 응당 모욕을 느꼈을 게다. 자기를 자기라 알고도 모르는 체하는 것이라 생각할 때, 그 마음은 평온할 수 없었을 게다. 그러나 구보는, 구보는 몰랐고, 모르면 태연할 수 있다. 자기를 볼 때마다 황당하게, 또 불쾌하게 시선을 돌리는 그 사내를, 구보는 오직 괴이하게만 여겨 왔다. 괴이하게만 여겨 오는 동안은 그래도 좋았다. 마침내 구보가 그를 그라고 알아낼 수 있었을 때, 그것은 그의 마음에 암영暗影을 주었다. 그 뒤부터 구보는 그 사내와 시선이 마주치면, 역시 당황하게, 그리고 불안하게 고개를 돌리는 수밖에 없었다. 그것은 사람의 마음을 우울하게 해놓는다. 구보는 다방 안의 한 구획을 그의 시야 밖에 두려 노력하며, 사람과 사람 사이의 교섭의 번거로움을 새삼스러이 느끼지 않으면 안 된다.

구보는 백동화를 두 푼, 탁자 위에 놓고, 그리고 공책을 들고 그 안을 나왔다. 어디로ー. 그는 우선 부청府廳15 쪽으로 향해 걸으며, 아무튼 벗의 얼굴이 보고 싶다, 생각하였다. 구보는 거리의 순서로 벗들을 마음속에 헤아려 보았다. 그러나 이 시각에 집에 있을 사람은 하나도 없을 듯싶었다. 어디로ー. 구보는 한길 위에 서서, 넓은 마당 건너 대한문을 바라본다. 아동 유원지 유동의자遊動椅子16에라도 앉아서… 그러나 그 빈약한, 너무나 빈약한 옛 궁전은, 역시 사람의 마음을 우울하게 해주는 것임에 틀림없었다.

구보가 다 탄 담배를 길 위에 버렸을 때, 그의 옆에 아이가 와 선다. 그는 구보가 다방에 놓아둔 채 잊어버리고 나온 단장을 들고 있었다. 고맙다. 구보는 그렇게도 방심한 제 자신을 쓰게 웃으며, 달음질해 다방으로 돌아가는 아이의 뒷모양을 이윽히 바라보고 있다가, 자기도 그 길을 되걸어 갔다.

다방 옆 골목 안. 그곳에서 젊은 화가는 골동점을 경영하고 있었다. 구보는 그 방면에 대한 지식을 갖지 않는다. 그러나, 하여튼, 그것은 그의 취미에 맞았고, 그리고 기회 있으면 그 방면의 이야기를 듣고 싶다 생각한다. 온갖 지식이 소설가에게는 필요하다.

그러나 벗은 점에 있지 않았다. 바로 지금 나가셨습니다. 그리고 기둥에 걸린 시계를 쳐다보며「한 십 분, 됐을까요.」

점원은 덧붙여 말하였다.

구보는 골목을 전찻길로 향해 걸어 나오며, 그 십 분이란 시간이 얼마만한 영향을 자기에게 줄 것인가, 생각한다.

한길 위에 사람들은 바쁘게 또 일 있게 오고 갔다. 구보는 포도 위에 서서, 문득, 자기도 창작을 위해 어디, 예例하면 서소문정 방면이라도 답사할까 생각한다. 〈모데로노로지오〉[17]를 게을리하기 이미 오래다.

그러나 그러한 생각과 함께 구보는 격렬한 두통을 느끼며, 이제 한 걸음도 더 옮길 수 없을 것 같은 피로를 전신에 깨닫는다. 구보는 얼마 동안을 망연히 그곳, 한길 위에 서 있었다…

11

얼마 있다

구보는 다시 걷기로 한다. 여름 한낮의 뙤약볕이 맨머릿바람의 그에게 현기증을 주었다. 그는 그곳에 더 그렇게 서 있을 수 없다. 신경 쇠약. 그러나 물론, 쇠약한 것은 그의 신경뿐이 아니다. 이 머리를 가져, 이 몸을 가져, 대체 얼마만한 일을 나는 하겠단 말인고—. 때마침 옆을 지나는 장년의, 그 정력가형 육체와 탄력 있는 걸음걸이에 구보는, 일종 위압조차 느끼며, 문득, 아홉 살 때에 집안 어른의 눈을 기어 『춘향전』을 읽었던 것을 뉘우친다. 어머니를 따라 일갓집에 갔다 와서, 구보는 저도 얘기책이 보고 싶다 생각하였다. 그러나 집안에서는 그것을 금했다. 구보는 남몰래 안잠자기에게 문의하였다. 안잠자기는 세책貰冊[18] 집에는 어떤 책이

11

든 있다는 것과 일 전이면 능히 한 권을 세내 올 수 있음을 말하고, 그러나 꾸중 들우ー. 그리고 다음에, 재밌긴 『춘향전』이 제일이지, 그렇게 그는 혼잣말을 하였었다. 한 분分의 동전과 한 개의 주발 뚜껑, 그것들이, 십칠 년 전의 그것들이, 뒤에 온, 그리고 또 올, 온갖 것의 근원이었을지도 모른다. 자기 전에 읽던 얘기책들. 밤을 새워 읽던 소설책들. 구보의 건강은 그의 소년 시대에 결정적으로 손상되었던 것임에 틀림없다…

변비. 요의빈수尿意頻數. 피로. 권태. 두통. 두중頭重. 두압頭壓. 삼전정마森田正馬19 박사의 단련 요법… 그러한 것은 어떻든, 보잘것없는, 아니, 그 살풍경하고 또 어수선한 태평통太平通20의 거리는 구보의 마음을 어둡게 한다. 그는 저, 불결한 고물상들을 어떻게 이 거리에서 쫓아낼 것인가를 생각하며, 문득, 반자21의 무늬가 눈에 시끄럽다고, 양지洋紙로 반자를 발라 버렸던 서해22도 역시 신경 쇠약이었음에 틀림없었다고, 이름 모를 웃음을 입가에 띠어 보았다. 서해의 너털웃음. 그것도 생각해 보면, 역시, 공허한, 적막한 음향이었다.

구보는 고인에게서 받은 『홍염紅焰』을, 이제도록 한 페이지도 들춰 보지 않았던 것을 생각해 내고, 그리고 딱한 표정을 지었다. 그가 읽지 않은 것은 오직 서해의 작품뿐이 아니다. 독서를 게을리하기 이미 삼 년. 언젠가 구보는 지식의 고갈을 느끼고 악연하였다.

소설가 구보 씨의 일일

갑자기 한 젊은이가 구보의 시야에 들어왔다. 그
는 구보가 향해 걸어가고 있는 곳에서 왔다. 구보는 그
를 어디서 본 듯싶었다. 자기가 마땅히 알아보아야만
할 사람인 듯싶었다. 마침내 두 사람의 거리가 한 칸통
으로 단축되었을 때, 문득 구보는 어린 시절을 회상하
고, 그리고 그곳에 옛 동무를 발견한다. 그리운 옛 시
절, 그리운 옛 동무, 그들은 보통학교를 나온 채 이제
도록 한 번도 못 만났다. 그래도 구보는 그 동무의 이
름까지 기억 속에서 찾아낸다.

　　그러나 옛 동무는 너무나 영락하였다. 모시 두루
마기에 흰 고무신, 오직 새로운 맥고모자를 쓴 그의 행
색은 너무나 초라하다. 구보는 망설거린다. 그대로 모
른 체하고 지날까. 옛 동무는 분명히 자기를 알아본 듯
싶었다. 그리고, 구보가 자기를 알아볼 것을 두려워하
는 듯싶었다. 그러나 마침내 두 사람이 서로 지나치는,
그 마지막 순간을 포착하여, 구보는 용기를 내었다.

　「이거 얼마 만이야, 유군.」

　　그러나 벗은 순간에 약간 얼굴조차 붉히며,

　「네, 참 오래간만입니다.」

　「그동안 서울에, 늘, 있었어.」

　「네.」

　　구보는 다음에 간신히,

　「어째서 그렇게 뵈올 수 없었에요.」

11　　　　　71

한마디를 하고, 그리고 서운한 감정을 맛보며, 그래도 또 무슨 말이든 하고 싶다 생각할 때, 그러나 벗은, 그만 실례합니다. 그렇게 말하고, 그리고 구보의 앞을 떠나, 저 갈 길을 가버린다.

구보는 잠깐 그곳에 섰다가 다시 고개 숙여 걸으며 울 것 같은 감정을 스스로 억제하지 못한다.

12

조그만

한 개의 기쁨을 찾아, 구보는 남대문을 안으로 밖으로 나가 보기로 한다. 그러나 그곳에는 불어 드는 바람도 없이, 양옆에 웅숭그리고 앉아 있는 서너 명의 지게꾼 들의 그 모양이 맥없다.

　구보는 고독을 느끼고, 사람들 있는 곳으로, 약동 하는 무리들의 있는 곳으로, 가고 싶다 생각한다. 그는 눈앞에 경성역을 본다. 그곳에는 마땅히 인생이 있을 게다. 이 낡은 서울의 호흡과 또 감정이 있을 게다. 도 회의 소설가는 모름지기 이 도회의 항구와 친해야 한 다. 그러나 물론 그러한 직업의식은 어떻든 좋았다. 다 만 구보는 고독을 삼등 대합실 군중 속에 피할 수 있 으면 그만이다.

그러나 오히려 고독은 그곳에 있었다. 구보가 한 옆에 끼어 앉을 수도 없게시리 사람들은 그곳에 빽빽하게 모여 있어도, 그들의 누구에게서도 인간 본래의 온정을 찾을 수는 없었다. 그네들은 거의 옆의 사람에게 한마디 말을 건네는 일도 없이, 오직 자기네들 사무에 바빴고, 그리고 간혹 말을 건네도, 그것은 자기네가 타고 갈 열차의 시각이나 그러한 것에 지나지 않았다. 그네들의 동료가 아닌 사람에게 그네들은 변소에 다녀올 동안의 그네들 짐을 부탁하는 일조차 없었다. 남을 결코 믿지 않는 그네들의 눈은 보기에 딱하고 또 가엾었다.

구보는 한구석에 가 서서, 그의 앞에 앉아 있는 노파를 본다. 그는 뉘 집에 드난을 살다가 이제 늙고 또 쇠잔한 몸을 이끌어, 결코 넉넉하지 못한 어느 시골, 딸네 집이라도 찾아가는지 모른다. 이미 굳어 버린 그의 안면 근육은 어떠한 다행한 일에도 펴질 턱 없고, 그리고 그의 몽롱한 두 눈은 비록 그의 딸의 그지없는 효양孝養을 가지고도 감동시킬 수 없을지 모른다. 노파 옆에 앉은 중년의 시골 신사는 그의 시골서 조그만 백화점을 경영하고 있을 게다. 그의 점포에는 마땅히 주단포목도 있고, 일용 잡화도 있고, 또 흔히 쓰이는 약품도 갖추어 있을 게다. 그는 이제 그의 옆에 놓인 물품을 들고 자랑스러이 차에 오를 게다. 구보는 그 시골 신사가 노파와 사이에 되도록 간격을 가지려고 노력하는 것을 발견하고, 그리고 그를 업신여겼다. 만약 그에게 얕은 지혜와 또 약간의 용기를 주면 그는 삼등 승차권을 주머니 속에 간수하고 일, 이등 대합실에 오만하게 자리 잡고 앉을 게다.

문득 구보는 그의 얼굴에 부종浮腫을 발견하고 그의 앞을 떠났다. 신장염. 그뿐 아니라, 구보는 자기 자신의 만성 위확장을 새삼스러이 생각해 내지 않으면 안 되었다. 그러나 구보가 매점 옆에까지 갔었을 때, 그는 그곳에서도 역시 병자를 보지 않으면 안 되었다. 사십여 세의 노동자. 전경부前頸部23의 광범한 팽륭澎隆.24 돌출한 안구. 또 손의 경미한 진동. 분명히 〈바세도우〉 씨병.25 그것은 누구에게든 결코 깨끗한 느낌을 주지는 못한다. 그의 좌우에는 좌석이 비어 있어도 사람들은 그곳에 앉으려 들지 않는다. 뿐만 아니라, 그에게서 두 칸통 떨어진 곳에 있던 아이 업은 젊은 아낙네가 그의 바스켓 속에서 꺼내다 잘못하여 시멘트 바닥에 떨어뜨린 한 개의 복숭아가, 굴러 병자의 발 앞에까지 왔을 때, 여인은 그것을 쫓아와 집기를 단념하기조차 하였다.

구보는 이 조그만 사건에 문득, 흥미를 느끼고, 그리고 그의 〈대학 노트〉를 펴들었다. 그러나 그가 문 옆에 기대어 섰는 캡 쓰고 린네르 쓰메에리 양복26 입은 사내의, 그 온갖 사람에게 의혹을 갖는 두 눈을 발견하였을 때, 구보는 또다시 우울 속에 그곳을 떠나지 않으면 안 된다.

13

개찰구 앞에

두 명의 사내가 서 있었다. 낡은 파나마27에 모시 두
루마기 노랑 구두를 신고, 그리고 손에 조그만 보따리
하나도 들지 않은 그들을, 구보는, 확신을 가져 무직
자라고 단정한다. 그리고 이 시대의 무직자들은, 거의
다 금광 브로커에 틀림없었다. 구보는 새삼스러이 대
합실 안팎을 둘러본다. 그러한 인물들은, 이곳에도 저
곳에도 눈에 띄었다.

　황금광 시대黃金狂時代—.

　저도 모를 사이에 구보의 입술을 무거운 한숨이
새어 나왔다. 황금을 찾아, 황금을 찾아, 그것도 역
시 숨김없는 인생의, 분명히, 일면이다. 그것은 적어
도, 한 손에 단장과 또 한 손에 공책을 들고, 목적 없

이 거리로 나온 자기보다는 좀 더 진실한 인생이었을 지도 모른다. 시내에 산재한 무수한 광무소鑛務所.[28] 인 지대 백 원. 열람비 오 원. 수수료 십 원. 지도대 십팔 전… 출원 등록된 광구, 조선 전토全土의 칠 할. 시시 각각으로 사람들은 졸부가 되고, 또 몰락해 갔다. 황 금광 시대. 그들 중에는 평론가와 시인, 이러한 문인 들조차 끼어 있었다. 구보는 일찍이 창작을 위해 그 의 벗의 광산에 가보고 싶다 생각하였다. 사람들의 사행심, 황금의 매력, 그러한 것들을 구보는 보고, 느 끼고, 하고 싶었다. 그러나, 고도의 금광열은, 오히려, 총독부 청사, 동측 최고층, 광무과 열람실에서 볼 수 있었다. …

문득, 한 사내가 둥글넓적한, 그리고 또 비속한 얼 굴에 웃음을 띠고, 구보 앞에 그의 모양 없는 손을 내 민다. 그도 벗이라면 벗이었다. 중학 시대의 열등생. 구보는 그래도 약간 웃음에 가까운 표정을 지어 보이 고, 그리고, 단장 든 손을 그대로 내밀어 그의 손을 가 장 엉성하게 잡았다. 이거 얼마 만이야. 어디, 가나. 응, 자네는—.

구보는 친하지 않은 사람에게 〈자네〉 소리를 들으 면 언제든 불쾌하였다. 〈해라〉는, 해라는 오히려 나았 다. 그 사내는 주머니에서 금시계를 꺼내 보고, 다음 에 구보의 얼굴을 쳐다보며, 저기 가서 차라도 안 먹으려나. 전당포집의 둘째 아들. 구보는 그러한 사내와 자리를 같이해 차를 마실 생각은 없었다. 그러나, 그러한 경우에 한 개의 구실을 지어, 그 호의를 사절할 수 있도록 구보는 용감하지 못하다. 그 사내는 앞장을 섰다. 자아 그럼 저리로 가지. 그러나 그것은 구보에게만 한 말이 아니었다.

구보는 자기 뒤를 따라오는 한 여성을 보았다. 그는 한번 흘낏 보기에도, 한 사내의 애인 된 티가 있었다. 어느 틈엔가 이런 자도 연애를 하는 시대가 왔나. 새삼스러이 그 천한 얼굴이 쳐다보였으나, 그러나 서정 시인조차 황금광으로 나서는 때다.

의자에 가 가장 자신 있이 앉아, 그는 주문 들으러 온 소녀에게, 나는 가루삐스.²⁹ 그리고 구보를 향해, 자네두 그걸루 하지. 그러나 구보는 거의 황급하게 고개를 흔들고, 나는 홍차나 커피로 하지.

음료 칼피스를, 구보는, 좋아하지 않는다. 그것은 외설한 색채를 갖는다. 또, 그 맛은 결코 그의 미각에 맞지 않았다. 구보는 차를 마시며, 문득, 끽다점喫茶店³⁰에서 사람들이 취하는 음료를 가져, 그들의 성격, 교양, 취미를 어느 정도까지 알 수 있을 것이 아닌가, 하고 생각하여 본다. 그리고 그것은 동시에, 그네들의 그때, 그때의 기분조차 표현하고 있을 게다.

구보는 맞은편에 앉은 사내의, 그 교양 없는 이야

기에 건성 맞장구를 치며, 언제든 그러한 것을 연구해
보리라 생각한다.

14

월미도로

놀러 가는 듯싶은 그들과 헤어져, 구보는 혼자 역 밖으로 나온다. 이러한 시각에 떠나는 그들은 적어도 오늘 하루를 그곳에서 묵을 게다. 구보는, 문득, 여자의 발가숭이를 아무 거리낌 없이 애무할 그 남자의, 야비한 웃음으로 하여 좀 더 추악해진 얼굴을 눈앞에 그려 보고, 그리고 마음이 편안하지 못했다.

여자는, 여자는 확실히 어여뻤다. 그는, 혹은, 구보가 이제까지 어여쁘다고 생각해 온 온갖 여인들보다도 좀 더 어여뻤을지도 모른다. 그뿐 아니다. 남자가 같이 〈가루삐스〉를 먹자고 권하는 것을 물리치고, 한 접시의 아이스크림을 지망할 수 있도록 여자는 총명하였다.

문득, 구보는, 그러한 여자가 왜 그자를 사랑하려 드나, 또는 그자의 사랑을 용납하는 것인가 하고, 그런 것을 괴이하게 여겨 본다. 그것은, 그것은 역시 황금 까닭일 게다. 여자들은 그렇게도 쉽사리 황금에서 행복을 찾는다. 구보는 그러한 여자를 가엾이, 또 안타깝게 생각하다가, 갑자기 그 사내의 재력을 탐내 본다. 사실, 같은 돈이라도 그 사내에게 있어서는 헛되이, 그리고 또 아깝게 소비되어 버릴 게다. 그는 날마다 기름진 음식이나 실컷 먹고, 살찐 계집이나 즐기고, 그리고 아무 앞에서나 그의 금시계를 꺼내 보고는 만족해할 게다.

　　일순간, 구보는, 그 사내의 손으로 소비되어 버리는 돈이, 원래 자기의 것이나 되는 것같이 입맛을 다셔 보았으나, 그 즉시, 그러한 제 자신을 픽 웃고, 내가 언제부터 이렇게 돈에 걸신이 들렸누… 단장 끝으로 구두코를 탁 치고, 그리고 좀 더 빠른 걸음걸이로 전차 선로를 횡단해, 구보는 포도 위를 걸어갔다.

　　그러나 여자는 확실히 어여뻤고, 그리고 또… 구보는, 갑자기, 그 여자가 이미 오래전부터 그자에게 몸을 허락하여 온 것이나 아닐까, 생각하였다. 그것은 생각만 해볼 따름으로 그의 마음을 언짢게 하여 준다. 역시, 여자는 결코 총명하지 못했다. 또 생각해 보면, 어딘지 모르게 저속한 맛이 있었다. 결코 기품 있는 인물은 아니다. 그저 좀 예쁠 뿐…

그러나 그 여자가 그자에게 쉽사리 미소를 보여 주었다고 새삼스러이 여자의 값어치를 깎을 필요는 없었다. 남자는 여자의 육체를 즐기고, 여자는 남자의 황금을 소비하고, 그리고 두 사람은 충분히 행복일 수 있을 게다. 행복이란 지극히 주관적인 것이다. …

어느 틈엔가, 구보는 조선은행 앞에까지 와 있었 다. 이제 이대로, 이대로 집으로 돌아갈 마음은 없었 다. 그러면, 어디로─. 구보가 또다시 고독과 피로를 느꼈을 때, 약칠해 신으시죠 구두에. 구보는 혐오의 눈 을 가져 그 사내를, 남의 구두만 항상 살피며, 그곳에 무엇이든 결점을 잡아내고야 마는 그 사내를 흘겨보 고, 그리고 걸음을 옮겼다. 일면식도 없는 나의 구두를 비평할 권리가 그에게 있기라도 하단 말인가. 거리에 서 그에게 온갖 종류의 불유쾌한 느낌을 주는 온갖 종 류의 사물을 저주하고 싶다, 생각하며, 그러나, 문득, 구보는 이러한 때, 이렇게 제 몸을 혼자 두어 두는 것 에 위험을 느낀다. 누구든 좋았다. 벗과, 벗과 같이 있 을 때, 구보는 얼마쯤 명랑할 수 있었다. 혹은 명랑을 가장할 수 있었다.

마침내, 그는 한 벗을 생각해 내고, 길가 양복점 으로 들어가 전화를 빌렸다. 다행하게도 벗은 아직 사社에 남아 있었다. 바로 지금 나가려든 차야 하고, 그는 말했다.

구보는 그에게 부디 다방으로 와주기를 청하고,
그리고 잠깐 또 할 말을 생각하다가, 저편에서 전화를
끊어 버릴 것을 염려해 당황하게 덧붙여 말했다.
　「꼭 좀, 곧 좀, 오―」

15

다행하게도

다시 돌아간 다방 안에, 사람들은 많지 않았다. 또, 문
득, 생각하고 둘러보아, 그 벗 아닌 벗도 그곳에 있지
않았다. 구보는 카운터 가까이 자리를 잡고 앉아, 마
침, 자기가 사랑하는 〈스키퍼〉[31]의 「아이 아이 아이」[32]
를 들려주는 이 다방에 애정을 갖는다. 그것이 허락받
을 수 있는 것이라면 그는 지금 앉아 있는 등의자를 안
락의자로 바꾸어, 감미한 오수를 즐기고 싶다, 생각한
다. 이제 그는 그의 앞에, 아까의 신기료장수를 보더라
도, 고요한 마음을 가져 그를 용납해 줄 수 있을 게다.

조그만 강아지가, 저편 구석에 앉아, 토스트를 먹고
있는 사내의 그리 대단하지도 않은 구두코를 핥고 있었
다. 그 사내는 발을 뒤로 무르며, 쉬— 쉬— 강아지를 쫓

15

앗다. 강아지는 연해 꼬리를 흔들며 잠깐 그 사내의 얼굴을 쳐다보다가, 돌아서서 다음 탁자 앞으로 갔다. 그곳에 앉아 있는 젊은 여자는, 그는 확실히 개를 무서워하는 듯싶었다. 다리를 잔뜩 옹크리고 얼굴빛조차 변해가지고, 그는 크게 뜬 눈으로 개의 동정만 살폈다. 개는 여전히 꼬리를 흔들며 그러나, 저를 귀해 주고 안 해주는 사람을 용하게 가릴 줄이나 아는 듯이, 그곳에 오래 머무르지 않고, 또 옆 탁자로 갔다. 그러나 구보가 앉아 있는 자리에서는 그곳이 잘 안 보였다. 어떠한 대우를 그 가엾은 강아지가 그곳에서 받았는지 그는 모른다. 그래도 어떻든 만족한 결과는 아니었던 게다. 강아지는 다시 그곳을 떠나, 이제는 사람들의 사랑을 구하기를 아주 단념이나 한 듯이 구보에게서 한 칸통쯤 떨어진 곳에 가 두 발을 쭉 뻗고 모로 쓰러져 버렸다.

강아지의 반쯤 감은 두 눈에는 고독이 숨어 있는 듯싶었다. 그리고 그와 함께, 모든 것에 대한 단념도 그곳에 있는 듯싶었다. 구보는 그 강아지를 가엾다, 생각한다. 저를 사랑하는 사람이 단 한 사람일지라도 이 다방 안에 있음을 알려주고 싶다, 생각한다. 그는, 문득, 자기가 이제까지 한 번도 그의 머리를 쓰다듬어 준다거나, 또는 그가 핥는 대로 손을 맡겨 둔다거나, 그러한 그에 대한 사랑의 표현을 한 일이 없었던 것을 생각해 내고, 손을 내밀어 그를 불렀다. 사람들은 이런

경우에 휘파람을 분다. 그러나 원래 구보는 휘파람을
안 분다. 잠깐 궁리하다가, 마침내 그는 개에게만 들릴
정도로「캄, 히어」하고 말해 본다.

강아지는 영어를 해득解得하지 못하는지도 모른다.
머리를 들어 구보를 쳐다보고, 그리고 아무 흥미도 느
낄 수 없는 듯이 다시 머리를 떨어뜨렸다. 구보는 의
자 밖으로 몸을 내밀어, 조금 더 큰 소리로, 그러나 한
껏 부드럽게, 또 한 번,「캄, 히어」그리고 그것을 번역
하였다.「이리 온.」그러나 강아지는 먼젓번 동작을 또
한 번 되풀이하였을 따름, 이번에는 입을 벌려 하품 비
슷한 짓을 하고, 아주 눈까지 감는다.

구보는 초조와, 또 일종 분노에 가까운 감정을 맛
보며, 그래도 그것을 억제하고, 이번에는 완전히 의자
에서 떠나, 그의 머리를 쓰다듬어 주려 하였다. 그러나
그보다도 먼저 강아지는 진저리치게 놀라, 몸을 일으
켜, 구보에게 향해 적대적 자세를 취하고, 캥, 캐캥 하
고 짖고, 그리고, 제풀에 질겁을 하여 카운터 뒤로 달
음질쳐 들어갔다.

구보는 저도 모르게 얼굴을 붉히고, 그 강아지의
방정맞은 성정性情을 저주하며, 수건을 꺼내어, 땀도
안 난 이마를 두루 씻었다. 그리고, 그렇게까지 당부
하였건만, 곧 와주지 않는 벗에게조차 그는 가벼운 분
노를 느끼지 않으면 안 된다.

15   95

16

마침내

벗이 왔다. 그렇게 늦게 온 벗을 구보는 책망할까 하고 생각해 보았으나, 그보다 먼저 진정 반가워하는 빛이 그의 얼굴에 떠올랐다. 사실, 그는, 지금 벗을 가진 몸의 다행함을 느낀다.

그 벗은 시인이었음에도 불구하고, 극히 건장한 육체와 또 먹기 위해 어느 신문사 사회부 기자의 직업을 가지고 있었다. 그것이 때로 구보에게 애달픔을 주지 않은 것은 아니다. 그래도, 그래도 그와 대하여 있으면, 구보는 마음속에 밝음을 가질 수 있었다.

「나, 소오다스이[33]를 다우.」

벗은, 즐겨 음료 조달수曹達水[34]를 취하였다. 그것은 언제든 구보에게 가벼운 쓴웃음을 준다. 그러나 물론 그것은 적어도 불쾌한 감정은 아니다.

　다방에 들어오면, 여학생이나 같이, 조달수를 즐기면서도, 그래도 벗은 조선 문학 건설에 가장 열의를 가지고 있었다. 그러한 그가 하루에 두 차례씩, 종로서와, 도청과, 또 체신국엘 들르지 않으면 안 되었던 것은 한 개의 비참한 현실이었을지도 모른다. 마땅히 시를 초해야만 할 그의 만년필을 가져, 그는 매일같이 살인 강도와 방화 범인의 기사를 쓰지 않으면 안 되었다. 그래 이렇게 제 자신의 시간을 가지면 그는 억압당하였던, 그의 문학에 대한 열정을 쏟아 놓는다…

　오늘은 주로 구보의 소설에 대해서였다. 그는, 즐겨 구보의 작품을 읽는 사람의 하나이다. 그리고, 또, 즐겨 구보의 작품을 비평하려 드는 독지가였다. 그러나, 그의 그러한 후의에도 불구하고, 구보는 자기 작품에 대한 그의 의견에 그다지 신용을 두고 있지 않았다. 언젠가, 벗은 구보의 그리 대단하지 않은 작품을 오직 한 개 읽었을 따름으로, 구보를 완전히 알 수나 있었던 것같이 생각하고 있는 듯싶었다.

　오늘은, 그러나, 구보는 그의 말에 귀를 기울이지 않으면 안 된다. 벗은, 요사이 구보가 발표하고 있는 작품을 가리켜 작자가 그의 나이 분수보다 엄청나게 늙었음을 말했다. 그러나 그뿐이면 좋았다. 벗은 또, 작자가 정말 늙지는 않았고, 오직 늙음을 가장하였을 따름이라고 단정하였다. 혹은 그럴지도 모른다. 구보에게는 그러한 경향이 있었을지도 모른다. 그리고 다시 돌이켜 생각하면, 그것이 오직 가장에 그치고, 그리고 작자가 정말 늙지 않았음은, 오히려 구보가 기꺼해 마땅할 일일 게다.

그러나 구보는 그의 작품 속에서 젊을 수가 없었을지도 모른다. 그가 만약 구태여 그러려 하면, 벗은, 이번에는, 작자가 무리로 젊음을 가장하였다고 말할 게다. 그리고 그것은 틀림없이 구보의 마음을 슬프게 해줄 게다…

어느 틈엔가, 구보는 그 화제에 권태를 깨닫고, 그리고 저도 모르게 〈다섯 개의 임금林檎35〉 문제를 풀려 들었다. 자기가 완전히 소유한 다섯 개의 임금을 대체 어떠한 순차로 먹어야만 마땅할 것인가. 그것에는 우선 세 가지의 방법이 있을 게다. 그중 맛있는 놈부터 차례로 먹어 가는 법. 그것은, 언제든, 그중에 맛있는 놈을 먹고 있다는 기쁨을 우리에게 줄 게다. 그러나 그것은 혹은 그 결과가 비참하지나 않을까. 이와 반대로, 그중 맛없는 놈부터 차례로 먹어 가는 법. 그것은 점입가경, 그러한 뜻을 가지고 있으나, 뒤집어 생각하면, 사람은 그 방법으로는 항상 그중 맛없는 놈만 먹지 않으면 안 되는 셈이다. 또 계획 없이 아무거나 집어 먹는 법. 그것은…

구보는, 맞은편에 앉아, 그의 문학론에, 앙드레 지드의 말을 인용하고 있던 벗을, 갑자기, 이 유민遊民다운 문제를 가져 어이없게 만들어 주었다. 벗은 대체, 그 다섯 개의 임금이 문학과 어떠한 교섭을 갖는가 의혹하며, 자기는 일찍이 그러한 문제를 생각해 본 일이 없노라 말하고

「그래, 그것이 어쨌단 말이야.」

「어쩌기는, 무에 어째.」

그리고 구보는 오늘 처음으로 명랑한, 혹은 명랑을 가장한 웃음을 웃었다.

17

문득

창밖, 길가에 어린애 울음소리가 들린다. 그것은 울음
소리에는 틀림없었다. 그러나 어린애의 것보다는 오
히려 짐승의 소리에 가까웠다. 구보는 『율리시스』를
논하고 있는 벗의 탁설卓說에는 상관없이, 대체, 누가
또 죄악의 자식을 낳았누, 하고 생각한다.

　가엾은 벗이 있었다. 그는, 어렸을 때부터 그렇게
도 불행하였던 그는, 온갖 고생을 겪지 않으면 안 되
었었고, 또 그렇게 경난經難한 사람이었던 까닭에, 벗
과의 사이에 있어서도 가장 관대한 품이 있었다. 그
는 거의 구보의 친우親友였다. 그러나, 그에게는 남자
로서의 가장 불행한 약점이 있었다. 그의 앞에서 구보
가 말을 한다면, 〈다정다한多情多恨〉, 이러한 문자를 사용할 게다. 그러나 그것은 한 개의 수식에 지나지 않았고, 그 벗의 통제를 잃은 성 본능은 누가 보기에도 진실로 딱한 것임에 틀림없었다. 구보는 왕왕히, 그 벗의 여성에 대한 심미안에 의혹을 갖기조차 하였다. 그러나 오히려 그러고 있는 동안은 좋았다. 마침내 비극이 왔다. 그 벗은, 결코 아름답지도 총명하지도 않은 한 여성을 사랑하고, 여자는 또 남자를 오직 하나의 사내라 알았을 때, 비극은 비롯한다. 여자가 어느 날 저녁 남자와 마주 앉아, 얼굴조차 붉히고, 그리고 자기가 이미 홀몸이 아님을 고백하였을 때, 남자는 어느 틈엔가 그 여자에게 대해 거의 완전히 애정을 상실하고 있었다. 여자는 어리석게도 모성됨의 기쁨을 맛보려 하였고, 그리고 남자의 사랑을 좀 더 확실히 포착할 수 있을 것같이 생각하였다. 그러나 남자는 오직 제 자신이 곤경에 빠졌음을 한恨하고, 그리고 또 그 젊은 어미에게 대한 자기의 책임을 느끼지 않으면 안 되었던 까닭에, 좀 더 그 여자를 미워하였을지도 모른다.

여자는, 그러나, 남자의 변심을 깨닫지 못하였을지도 모른다. 또, 설혹, 그가 알 수 있었더라도, 역시, 그 수밖에 없었을지도 모른다. 여자는 돌도 안 된 아이를 안고, 남자를 찾아 서울로 올라왔다. 그러나 그곳에는 그들 모자를 위해 아무러한 밝은 길이 없었다. 이미 반생을 고락을 같이해 온 아내가 남자에게는 있었고,

또 그와 견주어 볼 때, 이 가정의 틈입자는 어떠한 점으로든 떨어졌다. 특히 아이와 아이를 비해 볼 때 그러하였다. 가엾은 사생자는 나이 분수보다 엄청나게나 거대한 체구와, 또 치매적 안모顏貌를 가지고 있었다.

그러나 그것만이라면, 오히려 좋았다. 한번 그 아이의 울음소리를 들을 수 있었을 때, 사람들은 가장 언짢고 또 야릇한 느낌을 갖지 않으면 안 되었다. 그것은 결코 사람의 아이의 울음이 아니었다. 그것은 그들의, 특히, 남자의 죄악에 진노한 신이, 그 아이의 비상한 성대를 빌려, 그들의, 특히, 남자의 죄악을 규탄하고, 또 영구히 저주하는 것인 것만 같았다…

구보는 그저 『율리시스』를 논하고 있는 벗을 깨닫고, 불쑥, 그야 〈제임스 조이스〉의 새로운 시험에는 경의를 표해야 마땅할 게지. 그러나 그것이 새롭다는, 오직 그 점만 가지고 과중 평가를 할 까닭이야 없지. 그리고 벗이 그 말에 대해 항의를 하려 하였을 때, 구보는 의자에서 몸을 일으켜, 벗의 등을 치고, 자아 그만 나갑시다.

그들이 밖에 나왔을 때, 그곳에 황혼이 있었다. 구보는 이 시간에, 이 거리에, 맑고 깨끗함을 느끼며, 문득, 벗을 돌아보았다.

「이제 어디로 가?」

「집으루 가지.」

17

벗은 서슴지 않고 대답하였다. 구보는 대체 누구
와 이 황혼을 지내야 할 것인가 망연해한다.

18

전차를 타고

벗은 이내 집으로 돌아가고 말았다. 집이 아니다. 여사旅舍36였다. 주인집 식구 말고 아무도 없을 여사로, 그는 그렇게 저녁 시간을 맞추어 가야만 할까. 만약 그것이 단지 저녁밥을 먹기 위해서의 일이라면…

「지금부터 집엘 가서 무얼 할 생각이오?」

그러나 그것은 물론 어리석은 물음이었다. 〈생활〉을 가진 사람은 마땅히 제집에서 저녁을 먹어야 할 게다. 벗은 구보와 비겨 볼 때, 분명히 생활을 가지고 있었다.

하루의 대부분을 속무俗務에 헤매지 않으면 안 되었던 그는 이제 저녁 후에 조용한 제 시간을 가져, 독서와 창작에서 기쁨을 찾을 게다. 구보는, 구보는 그러나 요사이 그 기쁨을 못 갖는다.

어느 틈엔가, 구보는 종로 네거리에 서서, 그곳에 황혼과, 또 황혼을 타서 거리로 나온 노는계집의 무리들을 본다. 노는계집들은 오늘도 무지無智를 싸고 거리에 나왔다. 이제 곧 밤은 올 게요, 그리고 밤은 분명히 그들의 것이었다. 구보는 포도 위에 눈을 떨어뜨려, 그곳에 무수한 화려한 또는 화려하지 못한 다리를 보며, 그들의 걸음걸이를 가장 위태롭다 생각한다. 그들은, 모두가 숙녀화에 익숙하지 못한 것은 아니다. 그러나 그러함에도 불구하고, 그들은 모두들 가장 서투르고, 부자연한 걸음걸이를 갖는다. 그것은, 역시, 〈위태로운 것〉이라고밖에 말할 수 없는 것임에 틀림없었다.

그들은, 그러나 물론 그런 것을 그들 자신 깨닫지 못한다. 그들의 세상살이의 걸음걸이가, 얼마나 불안정한 것인가를 깨닫지 못한다. 그들은 누구라 하나 인생에 확실한 목표를 가지고 있지 않았으나, 무지는 거의 완전히 그 불안에서 그들의 눈을 가려 준다.

그러나 포도를 울리는 것은 물론 그들의 가장 불안정한 구두 뒤축뿐이 아니었다. 생활을, 생활을 가진 온갖 사람들의 발끝은 이 거리 위에서 모두 자기네들 집으로 향해 놓고 있었다. 집으로 집으로, 그들은 그들의 만찬과 가족의 얼굴과 또 하루 고역 뒤의 안위를 찾아 그렇게도 기꺼이 걸어가고 있다. 문득, 저도 모를 사이에 구보의 입술을 새어나오는 탁목啄木37의 단가―

누구나 모두 집 가지고 있다는 애달픔이여
무덤에 들어가듯
돌아와서 자옵네

　그러나 구보는 그러한 것을 초저녁의 거리에서 느낄 필요는 없다. 아직 그는 집에 돌아가지 않아도 좋았다. 그리고 좁은 서울이었으나, 밤늦게까지 헤맬 거리와, 들를 처소가 구보에게 있었다.

　그러나 대체 누구와 이 황혼을… 구보는 거의 자신을 가지고, 걷기 시작한다. 벗이 있다. 황혼을, 또 밤을 같이 지낼 벗이 구보에게 있다. 종로경찰서 앞을 지나 하얗고 납작한 조그만 다료茶寮**38**엘 들른다.

　그러나 주인은 없었다. 구보가 다시 문으로 향해 나오면서, 왜 자기는 그와 미리 맞추어 두지 않았던가, 뉘우칠 때, 아이가 생각난 듯이 말했다. 참, 곧 돌아오신다구요, 누구 오시거든 기다리시라구요. 〈누구〉가, 혹은, 특정한 인물일지도 모른다. 벗은 혹은, 구보와 이제 행동을 같이할 수 없을지도 모른다. 그래도 사람은 언제든 희망을 가져야 하고, 달리 찾을 벗을 갖지 아니한 구보는, 하여튼, 이제 자리에 앉아, 돌아올 벗을 기다려야 한다.

19

여자를

동반한 청년이 축음기 놓여 있는 곳 가까이 앉아 있었다. 그는 노는계집 아닌 여성과 그렇게 같이 앉아 차를 마실 수 있는 것에 득의와 또 행복을 느낄 수 있었는지도 모른다. 그의 육체는 건강하였고, 또 그의 복장은 화미華美하였고, 그리고 그의 여인은 그에게 그렇게도 용이하게 미소를 보여 주었던 까닭에, 구보는 그 청년에게 엷은 질투와 또 선망을 느끼지 않으면 안 되었다. 그뿐 아니다. 그 청년은, 한 개의 인단仁丹³⁹ 용기와, 로도 목약目藥⁴⁰을 가지고 있는 것에조차 철없는 자랑을 느낄 수 있었던 듯싶었다. 구보는 제 자신, 포용력을 가지고 있는 듯싶게 가장하는 일 없이, 그의 명랑성에 참말 부러움을 느낀다.

19

그 사상에는 황혼의 애수와 또 고독이 혼화되어 있었는지도 모른다. 구보는 극히 음울할 제 표정을 깨닫고, 그리고 이 안에 거울이 없음을 다행해한다. 일찍이, 어느 시인이 구보의 이 심정을 가리켜 독신자의 비애라 하였다. 그러나 그것은 언뜻 그러한 듯싶으면서도 옳지 않았다. 구보가 새로운 사랑을 찾으려 하지 않고 때로 좋은 벗의 우정에 마음을 의탁하려 한 것은 제법 오랜 일이다…

어느 틈엔가, 그 여자와 축복받은 젊은이는 이 안에서 사라지고, 밤은 완전히 다료 안팎에 왔다. 이제 어디로 가나. 문득, 구보는 자기가 그동안 벗을 기다리면서도 벗을 잊고 있었던 사실에 생각이 미치고, 그리고 호젓한 웃음을 웃었다. 그것은 일찍이 사랑하는 여자와 마주 대하여 권태와 고독을 느꼈던 것보다도 좀 애처로운 일임에 틀림없었다.

구보의 눈이 갑자기 빛났다. 참 그는 그 뒤 어찌 되었을꼬. 비록 어떠한 종류의 것이든 추억을 갖는다는 것은 사람의 마음을 고요하게, 또 기쁘게 해준다.

동경의 가을이다. 〈간다神田〉 어느 철물전에서 한 개의 〈네일클리퍼〉[41]를 구한 구보는 〈짐보오쪼오神保町〉 그가 가끔 드나드는 끽다점을 찾았다. 그러나 그것은 휴식을 위함도, 차를 먹기 위함도 아니었던 듯싶다. 오직 오늘 새로 구한 것으로 손톱을 깎기 위해서

만인지도 몰랐다. 그중 구석진 테이블. 그중 구석진 의
자. 통속 작가들이 즐겨 취급하는 종류의 로맨스의 발
단이 그곳에 있었다. 광선이 잘 안 들어오는 그곳 마
룻바닥에서 구보의 발길에 차인 것. 한 권 대학 노트
에는 윤리학 석 자와 〈임姙〉자가 든 성명이 기입되어
있었다.

　　그것은 일종의 죄악일 게다. 그러나 젊은이들에게
그만한 호기심은 허락되어도 좋다. 그래도 구보는 다
른 좌석에서 잘 안 보이는 위치에 노트를 놓고, 그리고
손톱을 깎을 것도 잊고 있었다.

　　제1장 서론. 제1절 윤리학의 정의. 2. 규범 과학.
제2장 본론. 도덕 판단의 대상. C 동기설과 결과설. 예
1. 빈가의 자손이 효양을 위해서 절도함. 2. 허영심을
만족키 위한 자선 사업. 제2학기. 3, 품성 형성의 요소.
1. 의지 필연론. …

　　그리고 여백에, 연필로, 그러나 수치심은 사랑의
상상 작용에 조력을 준다. 이것은 사랑에 생명을 주는
것이다. 스탕달의 『연애론』의 일절. 그리고는 연락 없
이 『서부 전선 이상 없다』. 길옥신자吉屋信子.[42] 개천룡지
개芥川龍之介.[43] 어제 어디 갔었니. 『라부 파레드』를 보았
니. …이런 것들이 쓰여 있었다.

　　다료의 주인이 돌아왔다. 아 언제 왔소. 무슨 좋
은 소식 있소. 구보는 대답 없이 자리에서 일어나, 노

트와 단장을 집어 들고, 저녁 먹으러 나갑시다. 그리고 속으로 지난날의 조그만 로맨스를 좀 더 이어 생각하려 한다.

20

다료에서

나와, 벗과, 대창옥大昌屋으로 향하며, 구보는 문득 대학 노트 틈에 끼어 있었던 한 장의 엽서를 생각해 본다. 물론 처음에 그는 망설거렸었다. 그러나 여자의 숙소까지를 알 수 있었으면서도 그 한 기회에서 몸을 피할 수는 없었다. 그는 우선 젊었고, 또 그것은 흥미 있는 일이었다. 소설가다운 온갖 망상을 즐기며, 이튿날 아침 구보는 이내 여자를 찾았다. 우입구 시래정牛兩區 矢來町.**44** 그의 주인집은 신조사新潮社**45** 근처에 있었다. 인품 좋은 주인 여편네가 나왔다 들어간 뒤, 현관에 나온 노트 주인은 분명히… 그들이 걸어가고 있는 쪽에서 미인이 왔다. 그들을 보고 빙그레 웃고, 그리고 지났다. 벗의 다료 옆, 카페 여급. 벗이 돌아보고 구보

20

의 의견을 청하였다. 어때 예쁘지. 사실, 여자는, 이러한 종류의 계집으로서는 드물게 어여뻤다. 그러나 그는 이 여자보다 좀 더 아름다웠던 것임에 틀림없었다.

어서 옵쇼. 설렁탕 두 그릇만 주우. 구보가 노트를 내어놓고, 자기의 실례에 가까운 심방尋訪에 대한 변해辨解를 하였을 때, 여자는, 순간에, 얼굴이 붉어졌었다. 모르는 남자에게 정중한 인사를 받은 까닭만이 아닐 게다. 어제 어디 갔었니. 길옥신자吉屋信子. 구보는 문득 그런 것들을 생각해 내고, 여자 모르게 빙그레 웃었다. 맞은편에 앉아, 벗은 숟가락 든 손을 멈추고, 빤히 구보를 바라보았다. 그 눈은, 무슨 생각을 하고 있느냐, 물었는지도 모른다. 구보는 생각의 비밀을 감추기 위하여 의미 없이 웃어 보였다. 좀 올라오세요. 여자는 그렇게 말하였었다. 말로는 태연하게, 그러면서도 그의 볼은 역시 처녀답게 붉어졌다. 구보는 그의 말을 좇으려다 말고, 불쑥, 같이 산책이라도 안 하시렵니까, 볼일 없으시면. 그날은 일요일이었고, 여자는 막 어디 나가려던 차인지 나들이옷을 입고 있었다. 통속 소설은 템포가 빨라야 한다. 그 전날, 윤리학 노트를 집어 들었을 때부터 이미 구보는 한 개 통속 소설의 작자였고 동시에 주인공이었던 것임에 틀림없었다. 그는 여자가 기독교 신자인 경우에는 제 자신 목사의 졸음 오는 설교를 들어도 좋다고까지 생각하고 있었다. 여자는 또 한 번 얼굴을 붉히고, 그러나 구보가, 만약 볼 일이 계시다면, 하고 말하였을 때, 당황하게, 아니에요 그럼 잠깐 기다려 주세요, 그리고 여자는 핸드백을 들고 나왔다. 분명히 자기를 믿고 있는 듯싶은 여자 태도에 구보는 자신을 갖고, 참, 이번 주일에 무장야관武藏野館[46] 구경하셨습니까. 그리고 그와 함께 그러한 자기가 할 일 없는 불량소년같이 생각되고, 또 만약 여자가 그렇게도 쉽사리 그의 유인에 빠진다면, 그것은 아무리 통속 소설이라도 독자는 응당 작자를 신용하지 않을 게라고 속으로 싱겁게 웃었다. 그러나 설혹 그렇게도 쉽사리 여자가 그를 좇더라도 구보의 그것을 경박하다고 생각하고 싶지 않았다. 그것에는 경박이란 문자는 맞지 않을 게다. 구보의 자부심으로서는 여자가 초면임에도 불구하고 자기를 족히 믿을 만한 남자라 알아볼 수 있도록 그렇게 총명하다고 생각하고 싶었다.

여자는 총명하였다. 그들이 무장야관 앞에서 자동차를 내렸을 때, 그러나 구보는 잠시 그곳에 우뚝 서 있을 수밖에 없었다. 그것은 뒤에서 내리는 여자를 기다리기 위해서가 아니다. 그의 앞에 외국 부인이 빙그레 웃으며 서 있었던 까닭이다. 구보의 영어 교사는 남녀를 번갈아 보고, 새로이 의미심장한 웃음을 웃고 오늘 행복을 비오, 그리고 제 길을 걸었다. 그것에

는 혹은 삼십 독신녀의 젊은 남녀에게 대한 빈정거림
이 있었는지도 모른다. 구보는 소년과 같이 이마와 콧
잔등이에 무수한 땀방울을 깨달았다. 그래 구보는 바
지 주머니에서 수건을 꺼내어 그것을 씻지 않으면 안
되었다. 여름 저녁에 먹은 한 그릇의 설렁탕은 그렇게
도 더웠다.

21

이곳을

나와, 그러나, 그들은 한길 위에 우두커니 선다. 역시
좁은 서울이었다. 동경이면, 이러한 때 구보는 우선
은좌銀座[47]로라도 갈게다. 사실 그는 여자를 돌아보고,
은좌로 가서 차라도 안 잡수시렵니까, 그렇게 말하고
싶었었다. 그러나, 순간에, 지금 막 보았을 따름인 영
화의 한 장면을 생각해 내고, 구보는 제가 취할 행동
에 자신을 가질 수 없었을지도 모른다. 규중 처자를
꼬여 오페라 구경을 하고, 밤늦게 다시 자동차를 몰
아 어느 별장으로 향하던 불량청년. 언뜻 생각하면 그
의 옆얼굴과 구보의 것과 사이에 일맥상통한 점이 있
었던 듯싶었다. 구보는 쓰디쓰게 웃고, 그러나 그러한
것은 어떻든, 은좌가 아니라도 어디 이 근처에서라도

21

차나 먹고… 참, 내 정신 좀 보아. 벗은 갑자기 소리치고 자기가 이 시각에 꼭 만나야 할 사람이 있음을 말하고, 그리고 이제 구보가 혼자서 외로울 것을 알고 있었으므로, 그는 미안한 표정을 지었다. 여자가 주저하며, 그만 집으로 돌아가야겠다고 구보를 곁눈질하였을 때에도, 역시 그러한 표정이었던 것임에 틀림없었다. 우리 열 점쯤 해서 다방에서 만나기로 합시다 열 점. 응, 늦어도 열 점 반. 그리고 벗은 전찻길을 횡단해 갔다.

전찻길을 횡단해 저편 포도 위를 사람 틈에 사라져 버리는 벗의 뒷모양을 바라보며, 어인 까닭도 없이 이슬비 내리던 어느 날 저녁 히비야日比谷**48** 공원 앞에서의 여자를 구보는 애달프다, 생각한다.

아. 구보는 악연히 고개를 들어 뜻 없이 주위를 살피고 그리고 기계적으로, 몇 걸음 앞으로 나갔다. 아아, 그예 생각해 내고 말았다. 영구히 잊고 싶다, 생각한 그의 일을 왜 기억 속에서 더듬었더냐. 애달프고 또 쓰린 추억이란, 결코 사람 마음을 고요하게도 기쁘게도 해주는 것은 아니었다.

여자는 그가 구보와 알기 전에 이미 약혼하고 있었던 사내의 문제를 가져, 구보의 결단을 빌었다. 불행히 그 사내를 구보는 알고 있었다. 중학 시대의 동창생. 서로 소식 모르고 지낸 지 오 년이 넘었어도 그의 얼굴은 구보의 머릿속에 분명하였다. 그 우둔하고 또 순직한 얼굴. 더욱이 그 선량한 눈을 생각할 때 구보의 마음은 아팠다. 비 내리는 공원 안을 그들은 생각에 잠겨, 생각에 울어, 날 저무는 줄도 모르고 헤매 돌았다.

참지 못하고, 구보는 걷기 시작한다. 사실 나는 비겁하였을지도 모른다. 한 여자의 사랑을 완전히 차지하는 것에 행복을 느껴야만 옳았을지도 모른다. 의리라는 것을 생각하고, 비난을 두려워하고 하는, 그러한 모든 것이 도시 남자의 사랑이, 정열이, 부족한 까닭이라, 여자가 울며 탄하였을 때, 그 말은 그 말은, 분명히 옳았다, 옳았다.

구보가 바래다 주려도 아니에요, 이대로 내버려 두세요, 혼자 가겠어요, 그리고 비에 젖어 눈물에 젖어, 황혼의 거리를 전차도 타지 않고 한없이 걸어가던 그의 뒷모양. 그는 약혼한 사내에게로도 가지 않았다. 그가 불행하다면 그것은 오로지 사내의 약한 기질에 근원할 게다. 구보는 때로, 그가 어느 다행한 곳에서 그의 행복을 차지하고 있는 것같이 생각하고 싶었어도, 그 사상은 너무나 공허하다.

어느 틈엔가 황톳마루 네거리에까지 이르러, 구보는 그곳에 충동적으로 우뚝 서며, 괴로운 숨을 토하였다. 아아, 그가 보고 싶다. 그의 소식이 알고 싶다. 낮에 거리에 나와 일곱 시간, 그것은 오직 한 개의 진정

이었을지 모른다. 아아, 그가 보고 싶다. 그의 소식이
알고 싶다…

22

광화문통

그 멋없이 넓고 또 쓸쓸한 길을 아무렇게나 걸어가며, 문득, 자기는, 혹은, 위선자나 아니었었나 하고, 구보는 생각하여 본다. 그것은 역시 자기의 약한 기질에 근원할 게다. 아아, 온갖 악은 인성의 약함에서, 그리고 온갖 불행이…

또다시 너무나 가엾은 여자의 뒷모양이 보였다. 레인코트 위에 빗물은 흘러내리고, 우산도 없이 모자 안 쓴 머리가 비에 젖어 애달프다. 기운 없이, 기운 있을 수 없이, 축 늘어진 두 어깨. 주머니에 두 팔을 꽂고, 고개 숙여 내디디는 한 걸음, 또 한 걸음, 그 조그맣고 약한 발에 아무러한 자신도 없다. 뒤따라 그에게로 달려가야 옳았다. 달려들어 그의 조그만 어깨를 으스러져라 잡고, 이제까지 한 나의 말은 모두 거짓이었다고, 나는 결코 이 사랑을 단념할 수 없노라고, 이 사랑을 위하여는 모든 장애와 싸워 가자고, 그렇게 말하고, 그리고 이슬비 내리는 동경 거리에 두 사람은 무한한 감격에 울었어야만 옳았다.

구보는 발 앞에 조약돌을 힘껏 찼다. 격렬한 감정을, 진정한 욕구를, 힘써 억제할 수 있었다는 데서 그는 값없는 자랑을 가지려 하였었는지도 모른다. 이것이, 이 한 개 비극이 우리들 사랑의 당연한 귀결이라고 그렇게 생각하려 들었던 자기. 순간에 또 벗의 선량한 두 눈을 생각해 내고 그의 원만한 천성과 또 금력이 여자를 행복하게 하여 주리라 믿으려 들었던 자기. 그 왜곡된 감정이 구보의 진정한 마음의 부르짖음을 틀어막고야 말았다. 그것은 옳지 않았다. 구보는 대체 무슨 권리를 가져 여자의, 그리고 자기 자신의 감정을 농락하였나. 진정으로 여자를 사랑하였으면서도 자기는 결코 여자를 행복하게 해주지는 못할 게라고, 그 부전감不全感⁴⁹이 모든 사람을, 더욱이 가엾은 애인을 참말 불행하게 만들어 버린 것이 아니었던가. 그 길 위에 깔린 무수한 조약돌을, 힘껏, 차, 헤뜨리고, 구보는, 아아, 내가 그릇하였다. 그릇하였다.

철겨운 봄노래를 부르며, 열 살이나 그밖에 안 된 아이가 지났다. 아이에게 근심은 없다. 잘 안 돌아기는 혀끝으로, 술주정꾼이 두 명, 어깨동무를 하고, 수심가를 불렀다. 그들은 지금 만족이다. 구보는, 문득, 광명을 찾은 것 같은 착각을 느끼고, 어두운 거리 위에 걸음을 멈춘다. 이제 그와 다시 만날 때, 나는 이미 약하지 않다. 나는 그 과오를 거듭 범하지 않는다. 우리는 영구히 다시 떠나지 않는다. …그러나 그를 어디가 찾누. 어허, 공허하고, 또 암담한 사상이여. 이 넓고, 또 횡한 광화문 거리 위에서, 한 개의 사내 마음이 이렇게도 외롭고 또 가엾을 수 있었나.

각모 쓴 학생과, 젊은 여자가 어깨를 나란히 하여 구보 앞을 지나갔다. 그들의 걸음걸이에는 탄력이 있었고, 그들의 말소리는 은근하였다. 사랑하는 이들이여. 그대들 사랑에 언제든 다행한 빛이 있으라. 마치 자애 깊은 부로父老와 같이 구보는 너그럽고 사랑 가득한 마음을 가져 진정으로 그들을 축복하여 준다.

23

이제

어디로 갈 것을 잊은 듯이, 그러할 필요가 없어진 듯이, 얼마 동안을, 구보는, 그곳에 가, 망연히 서 있었다. 가엾은 애인. 이 작품의 결말은 이대로 좋을 것일까. 이제, 뒷날, 그들은 다시 만나는 일도 없이, 옛 상처를 스스로 어루만질 뿐으로, 언제든 외롭고 또 애달파야만 할 것일까. 그러나, 그 즉시 아아, 생각을 말리라. 구보는 의식하여 머리를 흔들고, 그리고 좀 급한 걸음걸이로 온 길을 되걸어 갔다. 마음에 아픔은 그저 있었고, 고개 숙여 걷는 길 위에, 발에 차이는 조약돌이 회상의 무수한 파편이다. 머리를 들어 또 한 번 뒤흔들고, 구보는, 참말 생각을 말리라, 말리라, …

이제 그는 마땅히 다방으로 가, 그곳에서 벗과 다

시 만나, 이 한 밤의 시름을 덜 도리를 해야 한다. 그러나 그가 채 전차 선로를 횡단할 수 있기 전에 그는 「눈깔, 아저씨─」하고 불리고 그리고 그가 걸음을 멈추고 돌아보았을 때, 그의 단장과 노트 든 손은 아이들의 조그만 손에 붙잡혔다. 어디를 갔다 오니. 구보는 웃는 얼굴을 짓기에 바쁘다. 어느 벗의 조카아이들이다. 아이들은 구보가 안경을 썼대서 언제든 눈깔 아저씨라 불렀다. 야시 갔다 오는 길이라우. 그런데 왜 요새 통 집이 안 오우, 눈깔 아저씨. 응, 좀 바빠서… 그러나 그것은 거짓이었다. 구보는, 순간에 자기가 거의 달포 이상을 완전히 이 아이들을 잊고 있었던 사실을 기억에서 찾아내고 이 천진한 소년들에게 참말 미안하다 생각한다.

가엾은 아이들이다. 그들은 결코 아버지의 사랑을 몰랐다. 그들의 아버지는 다섯 해 전부터 어느 시골서 따로 살림을 차렸고, 그들은, 그래, 거의 완전히 어머니의 손으로써만 길러졌다. 어머니에게, 허물은 없었다. 그러면, 아버지에게. 아버지도, 말하자면, 착한 이였다. 그러나 그에게는 역시 여자에게 대하여 방종성이 있었다. 극도의 생활난 속에서, 그래도, 어머니는 아이들을 학교에 보냈다. 열여섯 살짜리 큰딸과, 아래로 삼 형제. 끝의 아이는 명년에 학령學齡이었다. 삶의 어려움을 하소연하면서도 그 애마저 보통학교에 입학시킬 것을 어머니가 기쁨 가득히 말하였을 때, 구보의 머리는 저 모르게 숙여졌었다.

구보는 아이들을 사랑한다. 아이들의 사랑을 받기를 좋아한다. 때로, 그는 아이들에게 아첨하기조차 하였다. 만약 자기가 사랑하는 아이들이 자기를 따르지 않는다면—, 그것은 생각만 해볼 따름으로 외롭고 또 애달팠다. 그러나 아이들은 그렇게도 단순하다. 그들은, 그들을 사랑하는 사람을 반드시 따랐다.

눈깔 아저씨, 우리 이사한 담에 언제 왔수. 바로 저 골목 안이야. 같이 가아 응. 가보고도 싶었다. 그러나 역시, 시간을 생각하고, 벗을 놓칠 것을 염려하고, 그는 이내 그것을 단념하는 수밖에 없었다. 어찌할꾸. 구보는 저편에 수박 실은 구루마를 발견하였다. 너희들 배탈 안 났니. 아아니, 왜 그러우. 구보는 두 아이에게 수박을 한 개씩 사서 들려 주고, 어머니 갖다드리구 노나 줍쇼, 그래라. 그리고 덧붙여 쌈 말구 똑같이들 노놔야 한다. 생각난 듯이 큰아이가 보고하였다. 지난번에 필운이 아저씨가 빠나나를 사왔는데, 누나는 배탈이 나서 먹지를 못했죠, 그래 막 까시를 올렸더니만… 구보는 그 말괄량이 소녀의, 거의 울가망이 된 얼굴을 눈앞에 그려 보고 빙그레 웃었다. 마침 앞을 지나던 한 여자가 날카롭게 구보를 흘겨보았다. 그의 얼굴은 결코 어여쁘지 못했다. 뿐만 아니라 무엇이

그리 났는지, 그는 얼굴 전면에 대소 수십 편의 삐꾸
를 붙이고 있었다. 응당 여자는 구보의 웃음에서 모욕
을 느꼈을 게다. 구보는, 갑자기, 홍소하였다. 어쩌면,
이제, 구보는 명랑해질 수 있을지도 모른다.

24

그래도

집으로 자꾸 가자는 아이들을 달래어 보내고, 구보는
다방으로 향한다. 이 거리는 언제든 밤에, 행인이 드
물었고, 전차는 한길 한복판을 가장 게으르게 굴러갔
다. 결코 환하지 못한 이 거리, 가로수 아래, 한두 명
의 부녀들이 서고, 혹은, 앉아 있었다. 그들은, 물론,
거리에 봄을 파는 종류의 여자들은 아니었을 게다. 그
래도, 이, 밤 들면 언제든 쓸쓸하고, 또 어두운 거리 위
에 그것은 몹시 음울하고도 또 고혹적인 존재였다. 그
렇게도 갑자기, 부란腐爛된 성욕을, 구보는 이 거리 위
에서 느낀다.

　　문득, 제비와 같이 경쾌하게 전보 배달의 자전거
가 지나간다. 그의 허리에 찬 조그만 가방 속에 어떠

한 인생이 압축되어 있을 것인고. 불안과, 초조와, 기대와… 그 조그만 종이 위의, 그 짧은 문면은 그렇게도 용이하게, 또 확실하게, 사람의 감정을 지배한다. 사람은 제게 온 전보를 받아들 때 그 손이 가만히 떨림을 스스로 깨닫지 못한다. 구보는 갑자기 자기에게 온 한 장의 전보를 그 봉함을 떼지 않은 채 손에 들고 감동하고 싶은 충동을 느꼈다. 전보가 못 되면, 보통 우편물이라도 좋았다. 이제 한 장의 엽서에라도, 구보는 거의 감격을 가질 수 있을 게다.

흥, 하고 구보는 코웃음 쳐보았다. 그 사상은 역시 성욕의, 어느 형태로서의, 한 발현에 틀림없었다. 그러나 물론 결코 부자연하지 않은 생리적 현상을 무턱대고 업신여길 의사는 구보에게 없었다. 사실 서울에 있지 않은 모든 벗을 구보는 잊은 지 오래였고 또 그 벗들도 이미 오랫동안 소식을 전하여 오지 않았다. 그들은, 모두, 지금, 무엇들을 하구 있을구. 한 해에 단 한 번 연하장을 보내 줄 따름의 벗에까지, 문득 구보는 그리움을 가지려 한다. 이제 수천 매의 엽서를 사서, 그 다방 구석진 탁자 위에서, …어느 틈엔가 구보는 가장 열정을 가져, 벗들에게 편지를 쓰고 있는 저 자신을 보았다. 한 장, 또 한 장, 구보는 재떨이 위에 생담배가 타고 있는 것도 깨닫지 못하고, 그가 기억하고 있는 온갖 벗의 이름과 또 주소를 엽서 위에 흘려

썼다… 구보는 거의 만족한 웃음조차 입가에 띠며, 이것은 한 개 단편 소설의 결말로는 결코 비속하지 않다, 생각하였다. 어떠한 단편 소설의—. 물론, 구보는, 아직 그 내용을 생각하지 않았다.

그러나 그러한 것은 어떻든 벗들의 편지가 정말 보고 싶었다. 누가 내게 그 기쁨을 주지는 않는가. 문득 구보의 걸음이 느려지며, 그동안, 집에, 편지가 와 있지나 않을까, 그리고 그것은 가장 뜻하지 않았던 옛 벗으로부터의 열정이 넘치는 글이나 아닐까, 하고 제 맘대로 꾸며 생각하고 그리고 물론 그것이 얼마나 근거 없는 생각인 줄 알았어도, 구보는 그 애달픈 기쁨을 그렇게도 가혹하게 깨뜨려 버리려 하지 않았다. 그러나 그것은 벗에게서 온 편지는 아닐지도 모른다. 혹은, 어느 신문사나, 잡지사나… 그러면 그 인쇄된 봉투에 어머니는 반드시 기대와 희망을 갖고, 그것이 아들에게 무슨 크나큰 행운이나 약속하고 있는 거나 같이 몇 번씩 놓았다, 들었다, 또는 전등불에 비추어 보았다… 그리고 기다려도 안 들어오는 아들이 편지를 늦게 보아 그만 그 행운을 놓치고 말지나 않을까, 그러한 경우까지를 생각하고 어머니는 안타까워할 게다. 그러나 가엾은 어머니가 그렇게까지 감동을 가진 그 서신이 급기야 뜯어 보면, 신문 일 회분의, 혹은 잡지 한 페이지분의, 잡문의 의뢰이기 쉬웠다.

구보는 쓰디쓰게 웃고, 다방 안으로 들어선다. 사람은 그곳에 많았어도, 벗은 있지 않았다. 그는 이제 이곳에서 벗을 기다려야 한다.

　　소설가 구보 씨의 일일

25

다방을

찾는 사람들은, 어인 까닭인지 모두들 구석진 좌석을 좋아하였다. 구보는 하나 남아 있는 가운데 탁자에 가 앉는 수밖에 없었다. 그래도, 그는 그곳에서 〈엘만〉[50]의 『발스·센티멘탈』[51]을 가장 마음 고요히 들을 수 있었 다. 그러나 그 선율이 채 끝나기 전에, 방약무인한 소 리가, 구포씨 아니요ㅡ. 구보는 다방 안의 모든 사람들 의 시선을 온몸에 느끼며, 소리 나는 쪽을 돌아보았다. 중학을 이삼 년 일찍 마친 사내. 어느 생명 보험 회사 의 외교원이라는 말을 들었다. 평소에 결코 왕래가 없 으면서도 이제 이렇게 알은체를 하려는 것은 오직 얼 굴이 새빨개지도록 먹은 술 탓인지도 몰랐다. 구보는 무표정한 얼굴로 약간 끄떡해 보이고 즉시 고개를 돌렸다. 그러나 그 사내가 또 한 번, 역시 큰 소리로, 이리 좀 안 오시료, 하고 말하였을 때 구보는 게으르게나마 자리에서 일어나, 그의 탁자로 가는 수밖에 없었다. 이리 좀 앉으시오. 참, 최 군, 인사하지. 소설가, 구포 씨.

이 사내는, 어인 까닭인지 구보를 반드시 〈구포〉라고 발음하였다. 그는 맥주병을 들어 보고, 아이 쪽을 향하여 더 가져오라고 소리치고, 다시 구보를 보고, 그래 요새두 많이 쓰시우. 뭐 별로 쓰는 것 〈없습니다.〉 구보는 자기가 이러한 사내와 접촉을 가지게 된 것에 지극한 불쾌를 느끼며, 경어를 사용하는 것으로 그와 사이에 간격을 두기로 하였다. 그러나 이 딱한 사내는 도리어 그것에서 일종 득의감을 맛볼 수 있었는지도 모른다. 그뿐 아니라, 그는 한 잔 십 전짜리 차들을 마시고 있는 사람들 틈에서 그렇게 몇 병씩 맥주를 먹을 수 있는 것에 우월감을 갖고, 그리고 지금 행복이었을지도 모른다. 그는 구보에게 술을 따라 권하고, 내 참 구포 씨 작품을 애독하지. 그리고 그러한 말을 하였음에도 불구하고 구보가 아무런 감동도 갖지 않는 듯싶은 것을 눈치채자, 사실, 내 또 만나는 사람마다 보구,

「구포 씨를 선전하지요.」

그러한 말을 하고는 혼자 허허 웃었다. 구보는 의미 몽롱한 웃음을 웃으며, 문득 이 용감하고 또 무지

한 사내를 고급으로 채용해 구보 독자 권유원을 시키
면, 자기도 응당 몇십 명의 또는 몇백 명의 독자를 획
득할 수 있을지 모르겠다고 그런 난데없는 생각을 하
여 보고, 그리고 혼자 속으로 웃었다. 참 구보 선생,
하고 최군이라 불린 사내도 말참견을 하여, 자기가 독
견獨鵑52의 『승방비곡僧房悲曲』과 윤백남53의 『대도전大盜
傳』을 걸작이라 여기고 있는 것에 구보의 동의를 구하
였다. 그리고, 이 어느 화재 보험 회사의 권유원인지
도 알 수 없는 사내는, 가장 영리하게,

「구보 선생님의 작품은 따루 치고…」

그러한 말을 덧붙였다. 구보가 간신히 그것들이
좋은 작품이라 말하였을 때, 최군은 또 용기를 얻어,
참 조선서 원고료原稿料는 얼마나 됩니까. 구보는 이 사
내가 원호료라 발음하지 않는 것에 경의를 표하였으
나 물론 그는 이러한 종류의 사내에게 조선 작가의 생
활 정도를 알려 주어야 할 아무런 의무도 갖지 않는다.

그래, 구보는 혹은 상대자가 모멸을 느낄지도 모
를 것을 알면서도, 불쑥, 자기는 이제까지 고료라는
것을 받아 본 일이 없어, 그러한 것은 조금도 모른다
말하고, 마침 문을 들어서는 벗을 보자 그만 실례합
니다. 그리고 그들이 뭐라 말할 수 있기 전에 제자리
로 돌아와 노트와 단장을 집어들고, 막 자리에 앉으
려는 벗에게,

「나갑시다. 다른 데로 갑시다.」
밖에, 여름밤, 가벼운 바람이 상쾌하다.

26

조선호텔

앞을 지나, 밤늦은 거리를 두 사람은 말없이 걸었다.
대낮에도 이 거리는 행인이 많지 않다. 참 요사이 무
슨 좋은 일 있소. 맞은 편에 경성우편국 삼 층 건물
을 바라보며 구보는 생각난 듯이 물었다. 좋은 일이
라니ㅡ. 돌아보는 벗의 눈에 피로가 있었다. 다시 걸
어 황금정[54]으로 향하며, 이를테면, 조그만 기쁨, 보잘
것없는 기쁨, 그러한 것을 가졌소. 뜻하지 않은 벗에
게서 뜻하지 않은 엽서라도 한 장 받았다는 종류의…

「갓구말구.」

벗은 서슴지 않고 대답하였다. 노형같이 변변치
못한 사람은 죽을 때까지 받아보지 못할 편지를. 그리
고 벗은 허허 웃었다. 그러나 그것은 공허한 음향이었

26

다. 내용 증명의 서류 우편. 이 시대에는 조그만 한 개의 다료를 경영하기도 수월치 않았다. 석 달 밀린 집세. 총총하던 별이 자취를 감추고 하늘이 흐렸다. 벗은 갑자기 휘파람을 분다. 가난한 소설가와, 가난한 시인과… 어느 틈엔가 구보는 그렇게도 구차한 내 나라를 생각하고 마음이 어두웠다.

「혹시 노형은 새로운 애인을 갖고 싶다 생각 않소.

벗이 휘파람을 마치고 장난꾼같이 구보를 돌아보았다. 구보는 호젓하게 웃는다. 애인도 좋았다. 애인 아닌 여자도 좋았다. 구보가 지금 원함은 한 개의 계집에 지나지 않는지도 몰랐다. 또는 역시 어질고 총명한 아내라야 하였을지도 몰랐다. 그러다가 구보는, 문득, 아내도 계집도 말고, 십칠팔 세의 소녀를, 만일 그럴 수 있다면, 딸을 삼고 싶다고 그러한 엄청난 생각을 해보았다. 그 소녀는 마땅히 아리땁고, 명랑하고 그리고 또 총명해야 한다. 구보는 자애 깊은 아버지의 사랑을 가져 소녀를 데리고 여행을 할 수 있을 게다—

갑자기 구보는 실소하였다. 나는 이미 그토록 늙었나. 그래도 그 욕망은 쉽사리 버려지지 않았다. 구보는 벗에게 알리고 싶은 것을 참고, 혼자 마음속에 그 생각을 즐겼다. 세 개의 욕망. 그 어느 한 개만으로도 구보는 이제 용이히 행복될지 몰랐다. 혹은 세 개의 욕망의, 그 셋이 모두 이루어지더라도 결코 구보는 마음의 안위를 이룰 수 없을지도 몰랐다.

역시 그것은 〈고독〉이 빚어 내는 사상이었다.

나의 원하는 바를 월륜月輪도 모르네.

문득 〈춘부春夫〉**55**의 일행시를 구보는 입 밖에 내어 외어 본다. 하늘은 금방 빗방울이 떨어질 것같이 어둡다. 월륜은커녕, 혹은 구보 자신 알지 못하고 있을지도 모른다. 어느 틈엔가 종로에까지 다시 돌아와, 구보는 갑자기 손에 든 단장과 대학 노트의 무게를 느끼며 벗을 돌아보았다. 능히 오늘 밤 술을 사줄 수 있소. 벗은 생각해 보는 일 없이 고개를 끄떡였다. 구보가 다시 다리에 기운을 얻어, 종각 뒤, 그들이 가끔 드나드는 술집을 찾았을 때, 그러나 그곳에는 늘 보던 여급이 없었다. 낯선 여자에게 물어, 그가 지금 가 있는 낙원정의 어느 카페 이름을 배우자, 구보는 역시 피로한 듯싶은 벗의 팔을 이끌어 그리로 가자, 고집하였다. 그 여급을 구보는 이름도 몰랐다. 이를테면 벗이 흥미를 가지고 있는 계집이었다. 마치 경박한 불량소년과 같이, 계집의 뒤를 좇는 것에서 값없는 기쁨이나마 구보는 맛보려는 심사인지도 모른다.

27

처음에

벗은, 그러나, 구보의 말을 좇지 않았다. 혹은, 벗은 그 여급에게 흥미를 느끼지 않고 있었던 것인지도 모른다. 그러나 만약 그가 그 여자에게 뭐 느낀 게 있었다 하면 그것은 분명히 흥미 이상의 것이었을 게다. 그들이 마침내, 낙원정으로 그 계집 있는 카페를 찾았을 때, 구보는, 그러나, 벗의 감정이 그 둘 중의 어느 것도 아니었다는 것을 알았다. 혹은, 어느 것이든 좋았었는지도 몰랐다. 하여튼, 벗도 이미 늙었다. 그는 나이로 청춘이었으면서도, 기력과, 또 정열이 결핍되어 있었다. 까닭에 그가 항상 그렇게도 구하여 마지않는 것은, 온갖 의미로서의 자극이었는지도 모른다.

여급이 세 명, 그리고 다음에 두 명, 그들의 탁자

로 왔다. 그렇게 많은 〈미녀〉를 그 자리에 모이게 한 것은, 물론 그들의 풍채도 재력도 아니다. 그들은 오직 이곳에 신선한 객이었고, 그리고 노는계집들은 그렇게도 많은 사내들과 알은체하기를 좋아하였다. 벗은 차례로 그들의 이름을 물었다. 그들의 이름에는 어인 까닭인지 모두 〈꼬〉가 붙어 있었다. 그것은 결코 고상한 취미가 아니었고, 그리고 때로 구보의 마음을 애달프게 한다.

「왜, 호구 조사 오셨어요.」

새로이 여급이 그들의 탁자로 와서 말하였다. 문제의 여급이다. 그들이 그 계집에게 알은체하는 것을 보고, 그들의 옆에 앉았던 두 명의 계집이 자리를 양도하려 엉거주춤히 일어섰다. 여자는, 아니 그대루 앉아 있세요, 사양하면서도 벗의 옆에 가 앉았다. 이 여자는 다른 다섯 여자들보다 좀 더 예쁠 것은 없었다. 그래도 어딘지 모르게 기품이 있어 보이기는 하였다. 벗이 그와 둘이서만 몇 마디 말을 주고받고 하였을 때, 세 명의 여급은 다른 곳으로 가버리고 말았다. 동료와 친근히 하고 있는 듯싶은 객에게, 계집들은 결코 흥미를 느끼지 않는다.

「어서 약주 드세요.」

이 탁자를 맡은 계집이, 특히 벗에게 권하였다. 사실, 맥주를 세 병째 가져오도록 벗이 마신 술은 모두

한 곱보56나 그밖에 안 되었던 것임에 틀림없었다. 그러나 벗은 오직 그 곱보를 들어 보고 또 입에 대는 척하고, 그리고 다시 탁자에 놓았다. 이 벗은 음주 불감증이 있었다. 그러나 물론 계집들은 그런 병명을 알지 못한다. 구보에게 그것이 일종의 정신병임을 듣고, 그들은 철없이 눈을 둥그렇게 떴다. 그리고 다음에 또 철없이 그들은 웃었다. 한 사내가 있어 그는 평소에는 술을 즐기지 않으면서도 때때로 남주濫酒57를 하여, 언젠가는 일본주를 두 되 이상이나 먹고, 그리고 거의 혼도를 하였다고 한 계집은 이야기를 하고, 그리고 그것도 역시 정신병이냐고 구보에게 물었다. 그것은 기주증嗜酒症,58 갈주증渴酒症,59 또는 황주증荒酒症60이었다. 얼마 전엔가 구보가 흥미를 가져 읽은 『현대 의학 대사전』 제23권은 그렇게도 유익한 서적임에 틀림없었다.

갑자기 구보는 온갖 사람을 모두 정신병자라 관찰하고 싶은 강렬한 충동을 느꼈다. 실로 다수의 정신병 환자가 그 안에 있었다. 의상분일증意想奔逸症. 언어도착증言語倒錯症. 과대망상증誇大妄想症. 추외언어증醜猥言語症. 여자음란증女子淫亂症. 지리멸렬증支離滅裂症. 질투망상증嫉妬妄想症. 남자음란증男子淫亂症. 병적기행증病的奇行症. 병적허언기편증病的虛言欺騙症. 병적부덕증病的不德症. 병적낭비증病的浪費症.…61

그러다가, 문득 구보는 그러한 것에 흥미를 느끼려는 자기가, 오직 그런 것에 흥미를 갖는다는 것만으로도 이미 한 것의 환자에 틀림없다, 깨닫고, 그리고, 유쾌하게 웃었다.

28

그러면

뭐, 세상 사람이 다 미친 사람이게ㅡ. 구보 옆에 조그
마니 앉아, 말없이 구보의 이야기만 듣고 있던 여급
이 당연한 질문을 하였다. 문득 구보는 그에게로 향
해 비스듬히 고쳐 앉으며 실례지만, 하고 그러한 말
을 사용하고, 그의 나이를 물었다. 여자는 잠깐 망설
거리다가,

「갓 스물이에요.」

여성들의 나이란 수수께끼다. 그래도 이 계집은
갓 스물이라 볼 수는 없었다. 스물다섯이나 여섯. 적
어도 스물넷은 됐을 게다. 갑자기 구보는 일종의 잔
인성을 가져, 그 역시 정신병자임에 틀림없음을 일러
주었다. 당의즉답증當意卽答症. 벗도 흥미를 가져, 그에

게 그 병에 대해 자세한 것을 물었다. 구보는 그의 대학 노트를 탁자 위에 펴놓고, 그 병의 환자와 의원 사이의 문답을 읽었다. 코는 몇 개요. 두 갠지 몇 갠지 모르겠습니다. 귀는 몇 개요. 한 갭니다. 셋하구 둘하고 합하면. 일곱입니다. 당신 몇 살이오. 스물하납니다 (기실 삼십팔 세). 매씨는. 여든한 살입니다. 구보는 공책을 덮으며, 벗과 더불어 유쾌하게 웃었다. 계집들도 따라 웃었다. 그러나 벗의 옆에 앉은 여급 말고는 이 조그만 이야기를 참말 즐길 줄 몰랐던 것임에 틀림없었다. 특히 구보 옆의 환자는, 그것이 자기의 죄 없는 허위에 대한 가벼운 야유인 것을 깨달을 턱 없이 호호 대고 웃었다. 그는 웃을 때마다, 말할 때마다, 언제든 수건 든 손으로 자연을 가장해, 그의 입을 가린다. 사실 그는 특히 입이 모양 없게 생겼던 것임에 틀림없었다. 구보는 그 마음에 동정과 연민을 느꼈다. 그러나 그것은 물론, 애정과 구별되지 않으면 안 된다. 연민과 동정은 극히 애정에 유사하면서도 그것은 결코 애정일 수 없다. 그러나 증오는ㅡ, 실로 왕왕히 진정한 애정에서 폭발한다… 일찍이 그의 어느 작품에서 사용하려다 말았던 이 일 절은 구보의 얕은 경험에서 추출된 것에 지나지 않았어도, 그것은 혹은 진리였을지도 모른다. 그런 객쩍은 생각을 구보가 하고 있었을 때, 문득, 또 한 명의 계집이 생각난 듯이 물었다. 그럼

이 세상에서 정신병자 아닌 사람은 선생님 한 분이겠
군요. 구보는 웃고, 왜 나두… 나는, 내 병은,

「다변증이라는 거라우.」

「뭐요. 다변증…」

「응, 다변증. 쓸데없이 잔소리 많은 것두 다아 정
신병이라우.」

「그게 다변증이에요오.」

다른 두 계집도 입안말로 〈다변증〉 하고 중얼거려
보았다. 구보는 속주머니에서 만년필을 꺼내어 공책
위에다 초한다. 작가에게 있어서 관찰은 무엇에든지
필요하였고, 창작의 준비는 비록 카페 안에서라도 하
여야 한다. 여급은 온갖 종류의 객을 대함으로써, 온
갖 지식을 얻으려 노력하였다―. 잠깐 펜을 멈추고, 구
보는 건너편 탁자를 바라보다가, 또 가만히 만족한 웃
음을 웃고, 펜 잡은 손을 놀린다. 벗이 상반신을 일으
켜, 또 무슨 궁상맞은 짓을 하는 거야―, 그리고 구보
가 쓰는 대로 그것을 소리 내어 읽었다. 여자는 남자
와 마주 대해 앉았을 때, 그 다리를 탁자 밖으로 내어
놓고 있었다. 남자의 낡은 구두가 탁자 밑에서 그의
조그만 모양 있는 숙녀화를 밟을 것을 염려하여서가
아닐 게다. 그는, 오늘, 그가 그렇게도 사고 싶었던 살
빛 나는 비단 양말을 신을 수 있었다. 그리고 그것은
그렇게도 자랑스러웠던 것임에 틀림없었다.

28   173

흥, 하고 벗은 코로 웃고 그리고 소설가와 벗할 것이 아님을 깨달았노라 말하고 그러나 부디 별의별 것을 다 쓰더라도 나의 음주 불감증만은 얘기 말우ㅡ. 그리고 그들은 유쾌하게 웃었다.

29

구보와 벗과

그들의 대화의 대부분을, 물론, 계집들은 알아듣지
못하였다. 그러면서도 그들은 능히 모든 것을 이해
할 수 있었던 듯이 가장하였다. 그러나, 그것은 결코
죄가 아니었고, 또 사람은 그들의 무지를 비웃어서
는 안 된다. 구보는 펜을 잡았다. 무지는 노는계집들
에게 있어서, 혹은, 없어서는 안 될 물건이나 아닐까.
그들이 총명할 때, 그들에게는 괴로움과 아픔과 쓰라
림과… 그 온갖 것이 더하고, 불행은 갑자기 나타나
그들의 마음을 사로잡고 말 게다. 순간, 순간에 그들
이 맛볼 수 있는 기쁨을, 다행함을, 비록 그것이 얼마
나 값없는 물건이더라도, 그들은 무지라야 비로소 가
질 수 있다… 마치 그것이 무슨 진리나 되는 듯이, 구

29

보는 노트에 초하고, 그리고 계집이 권하는 술을 사양 안 했다.

어느 틈엔가 밖에 비가 내리고 있었다. 가만한 비다. 은근한 비다. 그렇게 밤늦어, 그렇게 은근히 비 내리면, 구보는 때로 애달픔을 갖는다. 계집들도 역시 애달픔을 가졌다. 그들은 우산의 준비가 없이 그들의 단벌옷과, 양말과 구두가 비에 젖을 것을 염려하였다.

유끼짱―. 보이지 않는 구석에서 취성醉聲이 들려왔다. 구보는 창밖 어둠을 바라보며, 문득, 한 아낙네를 눈앞에 그려 보았다. 그것은 〈유끼〉[62]―눈이 그에게 준 생각이었는지도 모른다. 광교 모퉁이 카페 앞에서, 마침 지나는 그를 작은 소리로 불렀던 아낙네는 분명히 소복을 하고 있었다. 말씀 좀 여쭤 보겠습니다. 여인은 거의 들릴락 말락 한 목소리로 말하고 걸음을 멈추는 구보를 곁눈에 느꼈을 때, 그는 곧 외면하고, 겨우 손을 내밀어 카페를 가리키고, 그리고,

「이 집에서 모집한다는 것이 무엇이에요.」

카페 창 옆에 붙어 있는 종이에 女給大募集. 여급대모집. 두 줄로 나뉘어 쓰여 있었다. 구보는 새삼스러이 그를 살펴보고, 마음에 아픔을 느꼈다. 빈한은 하였을지도 모른다. 그러나 그는 제 자신 일거리를 찾아 거리에 나오지 않아도 좋았을 게다. 그러나 불행은 뜻하지 않고 찾아와, 그는 아직 새로운 슬픔을 가슴에

품은 채 거리로 나오지 않으면 안 되었던 것일 게다. 그에게는 거의 장성한 아들이 있을지도 모른다. 혹은 그것이 아들이 아니라 딸이었던 까닭에 가엾은 이 여인은 제 자신 입에 풀칠하기를 꾀하지 않으면 안 되었을 게다. 그의 처녀 시대에 그는 응당 귀하게 아낌을 받으며 길러졌을지도 모른다. 그의 핏기 없는 얼굴에는 기품과, 또 거의 위엄조차 있었다. 구보가 말을, 삼가, 여급이라는 것을 주석할 때, 그러나, 그 분명히 마흔이 넘었을 아낙네는 그의 말을 끝까지 듣지 않고, 혐오와 절망을 얼굴에 나타내고, 구보에게 목례한 다음, 초연히 그 앞을 떠났다. …

구보는 고개를 돌려, 그의 시야에 든 온갖 여급을 보며, 대체 그 아낙네와 이 여자들과 누가 좀 더 불행할까, 누가 좀 더 삶의 괴로움을 맛보고 있는 걸까, 생각해 보고 한숨지었다. 그러나 그 좌석에서 그러한 생각을 하는 것은 옳지 않았을지도 모른다. 구보는 새로이 담배를 피워 물었다. 그러나 탁자 위에 성냥갑은 두 갑이 모두 비어 있었다.

조그만 계집아이가 카운터로, 달려가 성냥을 가져왔다. 그 여급은 거의 계집아이였다. 그가 열여섯이나 열일곱, 그렇게 말하더라도, 구보는 결코 의심하지 않았을 게다. 그 맑은 두 눈은 그의 두 뺨의 웃음우물63은 아직 오탁에 물들지 않았다. 구보가 그 소녀에게 애달픔과 사랑과, 그것들을 한꺼번에 느낄 수 있었던 것은 결코 취한 탓만이 아니었을지도 모른다. 너 내일, 낮에, 나하구 어디 놀러 가련. 구보는 불쑥 그러한 말조차 하며 만약 이 귀여운 소녀가 동의한다면, 어디 야외로 반일半日을 산책에 보내도 좋다고 생각한다. 그러나 소녀는 그 말에 가만히 미소하였을 뿐이다. 역시 그 웃음우물이 귀여웠다.

구보는, 문득, 수첩과 만년필을 그에게 주고, 가可하면 ○를, 부否면 ×를 그리고, ○인 경우에는 내일 정오에 화신상회 옥상으로 오라고, 네가 무어라 표를 질러 놓든 내일 아침까지는 그것을 펴보지 않을 테니 안심하고 쓰라고, 그런 말을 하고, 그 새로 생각해 낸 조그만 유희에 구보는 명랑하게 또 유쾌하게 웃었다.

소설가 구보 씨의 일일

30

오전 두 시의

종로 네 거리—가는 비 내리고 있어도, 사람들은 그곳에 끊임없다. 그들은 그렇게도 밤을 사랑하여 마지 않았는지도 모른다. 그들은 그렇게도 용이하게 이 밤에 즐거움을 구하여 얻을 수 있었는지도 모른다. 그리고 그들은 일순, 자기가 가장 행복된 것같이 느낄 수 있었는지도 모른다. 그러나 그들의 얼굴에, 그들의 걸음걸이에, 역시 피로가 있었다. 그들은 결코 위안받지 못한 슬픔을, 고달픔을 그대로 지닌 채, 그들이 잠시 잊었던 혹은 잊으려 노력하였던 그들의 집으로 그들의 방으로 돌아가지 않으면 안 된다.

이렇게 밤늦게 어머니는 또 잠자지 않고 아들을 기다릴 게다. 우산을 가지고 나가지 않은 아들에게

30

어머니는 또 한 가지의 근심을 가질 게다. 구보는 어머니의 조그만, 외로운, 슬픈 얼굴을 생각하였다. 그리고 제 자신 외로움과 또 슬픔을 맛보지 않으면 안된다. 구보는 거의 외로운 어머니를 잊고 있었던 것임에 틀림없었다. 그러나 어머니는 그 아들을 응당, 온 하루, 생각하고 염려하고, 또 걱정하였을 게다. 오오, 한없이 크고 또 슬픈 어머니의 사랑이여. 어버이에게서 남편에게로, 그리고 다시 자식에게로, 옮겨가는 여인의 사랑—그러나 그 사랑은 자식에게로 옮겨 간 까닭에 그렇게도 힘 있고 또 거룩한 것이 아니었을까.

구보는, 벗이, 그럼 또 내일 만납시다. 그렇게 말하였어도, 거의 그것을 알아듣지 못하였다. 이제 나는 생활을 가지리라. 생활을 가지리라. 내게는 한 개의 생활을, 어머니에게는 편안한 잠을, 평안히 가 주무시오. 벗이 또 한 번 말했다. 구보는 비로소 그를 돌아보고, 말없이 고개를 끄떡하였다. 내일 밤에 또 만납시다. 그러나, 구보는 잠깐 주저하고, 내일, 내일부터, 내 집에 있겠소, 창작하겠소—.

「좋은 소설을 쓰시오.」

벗은 진정으로 말하고, 그리고 두 사람은 헤어졌다. 참말 좋은 소설을 쓰리라. 번[64] 드는 순사가 모멸을 가져 그를 훑어보았어도, 그는 거의 그것에서 불쾌

를 느끼는 일도 없이, 오직 그 생각에 조그만 한 개의
행복을 갖는다.

「구보―」

문득 벗이 다시 그를 찾았다. 참, 그 수첩에다 무
슨 표를 질렀나 좀 보우. 구보는, 안주머니에서 꺼낸
수첩 속에서, 크고 또 정확한 ×표를 찾아내었다. 쓰디
쓰게 웃고, 벗에게 향해, 아마 내일 정오에 화신상회
옥상으로 갈 필요는 없을까 보오. 그러나 구보는 적어
도 실망을 갖지 않았다. 설혹 그것이 ○표라 하였더라
도 구보는 결코 기쁨을 느낄 수는 없었을 게다. 구보
는 지금 제 자신의 행복보다도 어머니의 행복을 생각
하고 싶었을지도 모른다. 그 생각에 그렇게 바빴을지
도 모른다. 구보는 좀 더 빠른 걸음걸이로 은근히 비
내리는 거리를 집으로 향한다.

어쩌면, 어머니가 이제 혼인 얘기를 꺼내더라도,
구보는 쉽게 어머니의 욕망을 물리치지는 않을지도
모른다.

주

1 〈형수〉를 가리키는 옛말.

2 〈것〉을 가리키는 옛말.

3 브롬화 칼륨. 신경 안정제, 수면제 등으로 쓰인다.

4 〈가답아〉는 염증의 일종인 카타르katarrh를 음차한 말. 즉 중이염을 말한다.

5 대정 54년. 대정은 다이쇼 천황의 통치를 가리키는 연호로, 1912년이
   대정 1년이며, 다이쇼 시대의 마지막 해는 1926년인 대정 15년이다. 본문의
   대정 54년은 1965년에 해당하지만, 실제로는 있을 수 없는 해이다.

6 서울의 지명으로 오늘의 을지로 3가와 중구 저동 부근.

7 글의 초안을 잡다.

8 서울의 지명으로, 오늘의 중구 소공동.

9 독일 벰베르크Bemberg 회사의 원단으로 만든 보일Voile 직물로 만든 치마.

10 커피를 음차한 말.

11 서양으로 갈 만한 경비.

12 이시카와 다쿠보쿠石川啄木(1886~1912). 일본 메이지 시대의 시인.

13 수레와 말과 좋은 가벼운 가죽 옷을 벗들 더불어 함께 쓰다가 그것들이
   못 쓰게 되더라도 유감스럽게 생각하는 일이 없도록 하고자 한다는 뜻.
   『논어』「공야장」편 중에서.

14 자리엔 손님이 언제나 가득 차 있고, 술독은 언제나 빌 틈이 없다는 말로, 중국 후한 말의 정치가 공융의 손님 접대를 좋아하는 성품을 말하는 고사.

15 오늘의 시市에 해당하는 일제의 행정 단위인 부府가 있던 청사. 경성부청을 이른다.

16 어린이용 놀이 기구.

17 modernology. 고현학考現學.

18 책을 세놓는다는 뜻. 세책 집은 조선시대의 도서 대여점.

19 모리타 마사타케森田正馬(1874~1938). 불안 장애 환자들을 대상으로 자신만의 치료법을 개발한 일본의 정신과 의사.

20 서울의 지명으로, 오늘의 중구 태평로.

21 지붕 밑이나 위층 바닥 밑을 편평하게 하여 치장한 각 방의 윗면.

22 최서해崔曙海(1901~1932). 일제 강점기의 시인 겸 소설가.

23 목 앞부분.

24 팽창과 융기.

25 갑상선 기능 항진증. 독일 의사 카를 아돌프 폰 바제도Carl Adolph von Basedow의 이름을 딴 면역 질환.

26 리넨으로 만들어진, 4센티미터쯤 되는 깃을 세워 목을 둘러 여미게 지은 양복

27 파나마모자풀의 잎을 잘게 쪼개어서 만든 여름 모자.

28 광산업과 관련된 여러 일들을 대행, 중개, 관리해 주는 것을 업무로 하는 사무소. 1930년대 조선에 금광 투기 열풍이 불면서 급속히 증가하였다.

29 우유를 원료로 하는 일본의 유명한 음료수 〈칼피스〉의 일본식 발음.

30 〈찻집〉을 이르던 말.

31 티토 스키파Tito Schipa(1889~1965). 이탈리아의 테너 가수.

32 「Ay Ay Ay」. 주세페 베르디의 오페라 「팔스타프Falstaff」의 유명한 아리아.

33 〈소다수〉의 일본어 발음.

34 소다수의 일본식 음차어.

35 능금. 사과와 비슷한 열매.

36 여관이나 하숙.

37 12번 주석 참고.

38 다방. 찻집.

39 은단銀丹의 옛날식 표기. 향기로운 맛과 시원한 느낌이 나는 작은 알약.

40 〈로도〉라는 일본의 안약.

41 손톱깎이.

42 요시야 노부코吉屋信子(1896~1973). 연애 소설로 유명한 일본의 여성 소설가

43 아쿠타카와 류노스케芥川龍之介(1892~1927). 일본의 유명한 소설가.

44 우시고메구 야라이초牛込區 矢來町. 현재의 도쿄 신주쿠구 야라이초.

45 야라이초에 위치한 일본의 출판사 신초샤新潮社.

46 〈무사시노칸〉이라는 도쿄의 극장.

47 긴자. 도쿄 주오구에 있는 지명.

48 도쿄의 치요다구에 있는 지명.

49 온전하지 못하다는 데에 대한 자의식.

50 미샤 엘만Mischa Elman(1891~1967). 우크라이나 출신의 바이올린 연주자.

51 「Vals Sentimentale」. 원곡은 슈베르트의 피아노곡으로, 미샤 엘만은
    이 곡의 바이올린 편곡을 연주한 적이 있다.

52 최독견崔獨鵑(1901~1970). 일제 강점기부터 활동한 대한민국의 소설가이자
    극작가.『승방비곡』등의 소설로 당대 큰 인기를 얻었다.

53 윤백남尹白南(1888~1954). 일제 강점기부터 활동한 대한민국의 영화인이자
    소설가.『대도전』등 역사 소설이 큰 인기를 얻기도 했다.

54 황금정黃金町. 일제 시대 서울의 지명으로 오늘의 을지로.

55 사토 하루오佐藤春夫(1892~1964). 일본 다이쇼와 쇼와 시대에 활동했던
    소설가이자 시인.

56 〈컵〉의 일본어식 발음.

57 마구 술을 마심.

58 술 마시기를 너무 좋아하는 병.

59 술을 목말라하는 병.

60 헤어나지 못할 만큼 빠져 술을 마시는 병.

61 여기서 열거되는 병 이름들은 1930년에 발행된『현대 의학 대사전』
    23권(춘추사)의 색인에 있는 병명들에서 임의적으로 뽑아서 나열한
    것이다.

62 〈눈[雪]〉의 일본어 발음.

63 보조개를 의미하는 것으로 추측된다.

64 숙직이나 당직 근무를 서는 일.

「소설가 구보 씨의 일일」을
다시 읽는 이유

대담

대담자 **김미영** 홍익대학교
유승환 서울시립대학교
김미정 소전문화재단

김미정 소전문화재단은 2021년부터 미술과 문학을 함께 보여 주는 〈북아트 문학 전시〉를 해왔습니다. 『신곡』, 『돈키호테』, 『율리시스』, 『이상한 나라의 앨리스』 등 서양의 세계 문학을 다루었고요. 2023년 10월부터 2024년 1월까지 「소설가 구보 씨의 일일」(이하 〈구보 씨〉로도 표기)을 전시 작품으로 선정하면서 우리나라 모더니즘 문학을 선보였던 박태원, 이상을 소개하게 되었습니다. 1930년대 국내의 주옥같은 근대 소설들을 검토하다가 이 작품이 1934년 8월 1일부터 9월 19일까지 30회에 걸쳐 「조선중앙일보」 일간지에, 삽화와 함께 연재되었다는 사실에 새삼 놀랐습니다. 게다가 그 〈삽화를 이상이 그렸다는 것) 그리고 그 이후 그 사실을 조명한 출판물을 찾을 수 없다는 것도요. 당시 일제 강점기 시절, 예술가로서 새로운 형식적 시도를 과감하게 했던 20대 젊은 두 작가가 〈협업〉으로 신문에 연재했다는 것이며, 우리나라 근대 문학의 상징과 같은 이「소설가 구보 씨의 일일」이 가진 매력과 의미를 독자들에게 소개하고 싶다는 생각이 들어서 출판을 기획했고, 전문가 선생님 두 분을 모신 이 자리가 마련되었습니다. 마침 신문 연재 시점도 지금으로부터 근 90년 전입니다. 박태원의 문학을 연구하시는 유승환 선생님과 이상의 문학을 연구하시는 김미영 선생님, 와주셔서 감사합니다. 올해가 또 두 작가가 속했던 예술 그룹 〈구인회〉 결성 90주년이기도 하죠.

유승환 │ 1933년에 결성이니까, 맞네요.

김미정 │ 연재될 당시 삽화가 이름은 〈하융河戎〉이라는, 이상의 또 다른 이름을 사용했습니다. 이 대담이 실릴 책 표지에는 신문 연재 당시의 표제지 디자인대로 이름을 그대로 둘 테지만, 공식적으로 이 책을 소개할 때는 이상이라는, 우리에게 더 잘 알려진 이름을 사용하려고 합니다.

　　이상은 이 작품을 위해서 총 29개의 삽화를 그립니다. 매 화 반복되는 표제화 2점과 27점의 본문 삽화입니다. 1화에서 8화까지 반복되는 첫 번째 표제화는 펼쳐진 우산과 접힌 우산의 모습이 담겨 있고, 9화부터 30화까지 반복되는 두 번째 표제화는 역동적으로 굵게 가로지르는 소나무와 거기서 뻗어 아래로 쳐진 가느다란 가지를 한 화면에 담았습니다. 이런 상반된 이미지들도 의미심장해 보이네요. 그리고 각 화에는 내용을 암시하는 듯한 이미지들이 이어집니다.

제가 앞서 이상의 삽화와 같이 인쇄되어 발행된 〈구보 씨〉 단행본이 없어서 놀랐다고 말을 했는데요. 선생님, 정말 발행된 적이 없나요?

유승환 │ 저는 보지 못한 거 같아요.

김미영 │ 저도 역시.

김미정 │ 그렇다면, 이번 책 발행과 오늘의 대담이 좋은 의미로 남길 바랍니다. 저희 재단이 문학 전시를 계속하다 보니까 아무래도 왜 문학을 읽어야 하는지, 그리고 공부를 하면서 읽는 것이 좋은지 그냥 즐길 순 없는지 등을 질문하게 됩니다. 두 분은 소설을 읽을 때 즐기면서 읽는 편인지, 그래도 어쩔 수 없이 직업의식이 나오는지 궁금합니다.

유승환 │ 아무래도 직업이니까 공들여서, 천천히 꼼꼼하게 공부하듯이 읽는 편입니다. 특히 이 작품은 1934년 작이니까 90년이 다 된 작품인데요. 그래서 읽다 보면 저도 잘 모르는 말이라든가, 사물들이 적지 않습니다. 그런 것들을 일일이 조사하며 읽으려고 노력합니다.

김미정 │ 다독은 못하시겠군요! 깊게 쭉쭉 그 세계에 들어가는 편이시네요. 김미영 선생님은요?

김미영 │ 저는 일제 강점기 문학을 연구하니까, 그에 관련된 작품들은 유 선생님과 같고요, 지금 소전서림 북아트갤러리에서 전시 중인 『파우스트』 같은 작품들은 즐기면서 읽어요.

김미정 │ 현재 예술 제본하시는 분들의 『파우스트』 전시가 이루어지고 있는데, 보셨군요. 저희도 독자에게 작품이 지닌 다양한 매력을 공유하기 위해 나름대로 꼭꼭 씹는 중입니다. 공부를 하다 보니 깊이가 달라지는 듯한 순간에는 큰 기쁨을 느낍니다. 하물며 영화를 봐도 그 작품에 매력을 느끼면 감독이 누군지, 원작이 뭔지, 무엇을 표현하고자 했는지 등을 알고 싶죠. 소설도 당연히 그러합니다. 작가가 말하고자 하는 것과 독자가 마음속에 품고 있던 생각들이 만나 그 세계가 더 깊고 풍부해지면, 정신적 충만함이 느껴지고 삶의 모습이나 방향에 변화가 생기기도 합니다. 그래서 독자들은 흥미를 느끼거나 자신에게 맞는 소설을 찾아다니죠. 이 소설은 어떨까요. 독자에게 충분히 매력적으로 다가간다고 생각하십니까? 이 작품의 흥미로운 요소가 무엇이라고 생각하세요?

「소설가 구보 씨의 일일」의 매력

유승환 │ 사실 수업 시간에 몇 년째 학생들과 같이 읽어 보고 있는데, 학생들이 가장 어렵고 헷갈려하는 작품 중에 하나입니다. 무엇보다도 일정한 줄거리 흐름이 존재하지 않은 상태에서 구보가 뚜렷한 목적 없이 경성 시내를 돌아다닙니다. 그 과정에서 완전히 숙련된 독자가 아니라면 다소 무질서하다고 느껴질 정도로 당대 경성 거리의 풍경과 구보의 기억이 현란하게 섞이며 소설이 진행됩니다. 그러한 면에서 국문학 전공 학생들도 어려워하는 경우가 있는데요. 오히려 그렇기 때문에 이 소설이 당대 문단에서도 〈굉장히 새롭다〉고 이야기될 수 있었고, 박태원 스스로도 자부심을 가졌습니다. 이전의 한국소설이 좀처럼 보여 주지 못했던 새로운 형식 혹은 구성의 방식들이 이 소설의 매력입니다. 읽기 어렵다고 학생들이 투덜대면 〈네가 하루 동안 서울 시내를 걸어 다녀 본 것을 소설로 쓸 수 있겠느냐〉라고 질문해 보거든요. 그런 걸 소설로 만든다는 것은 어떤 걸까? 어떻게 가능한 것일까? 어떤 의미를 지닐까? 그리고 나는 할 수 있을까? 그런 식으로 한 번 더 생각해 보며 읽는다면 이 소설이 지닌 매력이나 새로운 점을 발견할 수 있지 않을까 합니다.

김미영 | 〈다관점적인 부분〉에서도 독자들이 매력을 느낄 수 있을 겁니다. 〈구보 씨〉의 1화는 〈어머니는—〉 하고 시작되고요, 2화는 〈아들은—〉으로 시작되어 아들 입장의 서술이 이어집니다. 그러다가 3화에서는 구보의 관점으로 옮아가지요. 아들과 구보는 같은 사람인데, 아들의 입장에서 서술하다가 작가 구보의 관점으로 이동하는 겁니다. 이상의 삽화 중 첫 번째 표제화에서도 이런 특징이 엿보입니다. 우산을 그렸으되, 접었을 때와 펼쳤을 때의 서로 다른 모양이 한 화면에 공존합니다. 이렇듯 〈구보 씨〉는 어머니의 효심 있는 아들이자, 생활 없음을 한탄하는 자의식 가득한 작가 구보의 모습을 한 작품에 담아냅니다. 두 측면 모두가 구보 씨의 모습인 게지요. 저는 이런 다면적 제시가 이 작품의 새로움이자 매력이 아닐까 싶어요.

1934년 8월
「조선중앙일보」의 문예면

김미정 | 각 화의 글이 짧습니다. 이걸 장이라고 말할

수 있을까요? 연재 때문에 이러한 형식이 취해진 것일까요?

김미영 │ 당시 일간지엔 장편이 주로 연재됐어요. 그런데 이 작품은 중편이죠. 그러니 연재 횟수도 적고 각 화의 길이도 짧은 편이죠. 대개 연재물은 회차의 마지막에 궁금증을 잔뜩 유발해서 독자로 하여금 다음 호를 사서 보게 만드는데, 이 작품은 뼈대인 서사가 없어서 그렇지가 않습니다.

김미정 │ 신문의 판매와 상관없이, 연재라는 특별한 방식과도 큰 관계 없이 자신이 하고자 하는 새로운 형식의 소설을 실험했군요.

유승환 │ 일반적인 연재 장편 소설과는 신문 지면 배치 방식도 다릅니다. 당시 이태준의 「불멸의 함성」이 같은 시기에 연재되고 있었고, 그래서 비교가 잘 될 듯합니다. 당시 연재소설은 보통 신문의 하단을 길게 사용한 가로 2단으로 지면을 편성합니다. 근데 〈구보 씨〉는 세로로 길게 편성을 했고, 그래서 저런 표제 이미지 구성이 가능했습니다. 세로형이니 삽화 배치도 새롭게 느껴졌을 테고요. 보통은 가로로 긴 2단 배치니까 한가운데 삽화가 들어가고 그 양쪽에 글이 실렸거든요.

김미정 │ 지금 말씀하신 부분은 국립중앙도서관 웹사이트에서 검색해 볼 수 있습니다. 「조선중앙일보」

1934년 8월 3일자의 신문 문예면을 열람해 보시면 지금 말씀하신 듯 「소설가 구보 씨의 일일」이 왼쪽에 길게 들어가 있고, 제일 아래 2단에 이태준의 「불멸의 함성」 67화가 중앙의 삽화와 함께 실려 있습니다. 신문 판면의 중앙에는 「오감도」 7화도 실려 있네요. 〈특이한 형식〉이라고 말씀해 주셨는데, 이 작품을 연재하는 방식도 작품만을 위해 새롭게 꾸며진 것일까요? 형식적인 시도일까요? 이상 삽화의 수준을 보면, 이때 문예면의 판면 디자인 회의 같은 것이 있었을 거란 생각이 듭니다. 삽화가가 참여했을 수도 있지 않았을까 추측해 봅니다.

김미영 | 이상이 잡지 『조광』에 「날개」를 실은 것은 1936년입니다. 그 작품에도 이상은 자작 삽화를 넣었어요. 그런데 특이하게도 「날개」의 삽화는 보통의 잡지에 실리는 삽화와는 모양이나 크기가 달라요. 보통 소설의 삽화는 조그맣게 들어가는데, 「날개」의 삽화는 양면에 걸쳐서 크게 들어가 있어요. 이상은 삽화의 편집에도 관여한 것으로 보입니다. 왜냐하면 『조광』의 맨 뒷면에 발행인 등이 적혀 있는 부분의 편집인 명단에 이상의 이름이 보이기 때문입니다.

유승환 | 신문 배치 디자인에 관해 확인하려면 「조선중

앙일보」에 연재소설들이 어떤 식으로 실렸는가를 장기간에 걸쳐서 살펴봐야 합니다. 그걸 안 해 본 상황에서 〈구보 씨〉와 같은 배치 방식이 전혀 없었던 것인지 확실하게 말하긴 좀 어렵지만, 틀림없이 이야기할 수 있는 것은 「소설가 구보 씨의 일일」은 일반적인 신문 연재 장편 소설과 같은 방식으로 취급되진 않았던 것. 애초에 장편 소설이 아니었기 때문이기도 하죠. 그리고 한 가지 또 생각해 볼 수 있는 것은, 이 소설 연재가 시작된 1934년 8월이라는 시점이 좀 특이한 시기라는 것입니다. 이때 「오감도」가 같이 연재됐거든요. 7월 24일부터 15회까지 연재가 되니까, 8월 1일부터 연재가 시작된 〈구보 씨〉 연재 초반과 기간이 겹칩니다. 이 시기에 「조선중앙일보」 문예면을 편집하고 있었던 사람이 상허 이태준입니다. 당시에 이상은 그렇게까지 유명하지 않았습니다.

김미영 | 그렇습니다. 그때까지 이상은 문인들 사이에서만 알려져 있었어요.

유승환 | 이상의 초기 작품들은 대체로 일본어 시였고, 또 문학지가 아닌 건축 잡지 같은 데 많이 실려 있었거든요.

김미영 | 맞습니다.

유승환 | 그래서 아는 사람만 아는 시인이고, 대중적인

문인이라고 할 순 없었습니다. 문인들의 회고에 따라 조금씩 다르긴 하지만, 대체로「오감도」발표 전까지의 이상은 무명이었다는 식으로 이야기하는 경우가 많습니다. 또「오감도」와 같은 작품들은 대중 독자의 입장에서 읽기 어려웠잖아요?

김미영 | (웃음)

김미정 | 독자 항의를 많이 받았다고. (웃음)

유승환 | 예, 너무 유명한 이야기입니다. 시가 좀 어렵잖아요. 근데 그걸 무리하게 학예면에 실어 줄 수 있었던 사람이 상허 이태준인 거고, 들리는 말에 의하면 상허 이태준에게 이상을 강력하게 추천한 사람이—

김미영 | 박태원.

유승환 | 박태원과 김기림과 같은 문인이었다라는 이야기를 하거든요.

김미정 | 구인회네요.

유승환 | 이상이 나중에 구인회 멤버가 되긴 했는데, 정확히 이 시기에 구인회 멤버였는지 아닌지에 관한 이견이 있어요.

김미영 | 1933년에 구인회가 발족했는데, 이상은 나중에 박태원과 함께 들어갔어요.

유승환 | 예, 그래서 박태원 등이 이상을 구인회 멤버로서 추천했다라는 것이 전통적인 의견이라면, 최근에는 이상의 구인회 가입은「오감도」및「소설가 구

보 씨의 일일」연재가 끝난 1934년 하반기의 일이
었다고 보는 견해도 있습니다. 어쨌건 1934년 8월
의「조선중앙일보」문예면은 주목해 볼 만한 가치
가 있습니다.「오감도」가 실려 있고,「소설가 구보
씨 일일」이 같이 연재되었고, 또 그 삽화를 이상이
그립니다. 그 뒤에서 문예면을 책임졌던 사람은 상
허 이태준이었습니다. 모두 구인회에 같이 적을 두
었던 사람들이죠. 즉 한국의 1930년대 새로운 문
학적 경향을 대표하는 사람들이 1934년 8월「조선
중앙일보」문예면에 집중적으로 모여 있었습니다.
문화사적으로 중요하게 볼 수 있다고 생각합니다.

김미정 │ 당시에 독자들도 그런 것들을 의식하면서 봤
을까요?

김미영 │ 독자들은 그런 사실까지 알거나 의식하진 못
했겠죠. 특히 이상의「오감도」연재는 독자들로부
터 항의를 받았습니다. 이상은 당대에 문인들로
부터는 높은 평가를 받았지만 대중적 인기는 없
어서 평생 가난하게 지낸 것으로 알아요.

소설과 삽화의 관계

김미정 │ 소설이 삽화랑 같이 실리게 된 것은 언제부터
일까요?

유승환 | 제가 참고한 연구 논문에 의하면 신문 연재소설의 경우에는 1912년 「매일신보」에 연재되었던 이해조의 「춘외춘」이라는 작품에서 처음 시도가 되었다고 이야기합니다. 초기 삽화의 경우는 일본 영향을 많이 받습니다. 〈신문 삽화〉라는 장르를 이해하고 그것을 실제로 그릴 수 있는 사람들이 대부분 일본인이었기 때문에.

김미정 | 일본에서는 신문을 통해 소설과 삽화를 같이 보는 문화가 훨씬 이전부터 있었나요?

유승환 | 그랬던 것 같아요. 아무래도 신문 같은 대중매체가 우리보다 조금 빠르게 발달했으니까. 많은 사람들이 일본에 직접 가서 배우기도 했죠. 그러다가 「동아일보」와 「조선일보」가 1920년에 창간이 됐는데요, 총독부 기관지라고 할 수 있는 「매일신보」와는 달리 조선인 자본에 의한 민간 신문인 이 두 신문의 연재소설란에서부터 이후 널리 이름이 알려지게 되는 조선인 삽화가들의 활동이 두드러지게 됩니다. 석영 안석주라든가 청전 이상범 같은 사람들이 그렇지요.

김미정 | 당시에 사람들이 이해했던 소설과 삽화의 관계는 어떤 것이었을까요?

유승환 | 뭐 여러 가지가 있었을 텐데요. 독자들이 지금과 같이 누구나 글을 읽는 시대가 아니라고 가정

소설가 구보 씨의 일일

했을 때, 일단은 삽화가 소설의 내용을 이해하는 데 도움을 주었을 테고요. 다른 한편으로는 당시의 근대 소설은 이전 소설과는 다른 감각이 있었습니다. 이를테면 소설의 등장인물 하나하나의 내면이나 개성적 시각 등이 강조되는 것이 그런 것이죠. 여기에 맞추어 신문 삽화 역시 때로는 소설의 장면들을 그대로 묘사하는 것이 아니라, 등장인물의 시각으로 보이는 풍경을 그려 주거나 하는 경우입니다. 이때 삽화는 근대 소설이 가지고 있는 새로운 감각이나 특징을 시각화함으로써 독자가 근대 소설 특유의 새로운 감각을 이해하게끔 하는 데 도움을 주었다고도 할 수 있겠죠. 특히 1920년대에 삽화가 더욱 발달하면서 단순히 소설의 내용을 사실적으로 보여 주는 것에 머물지 않는 느낌도 분명히 있습니다.

「소설가 구보 씨 일일」 삽화도 사실 완전히 사실적인가, 라고 하면 그렇지는 않은 것 같아요. 1920년대의 가장 유명한 삽화가인 안석영의 삽화를 보면 일종의 표현주의에 가까운 경우가 많습니다. 사실 삽화가는 따지고 본다면 소설의 최초 독자이기도 합니다. 그러한 삽화가는 때때로 자신이 파악한 소설의 인상을 주관화된 이미지로 표현하기도 하는데요. 이러한 표현주의적인 삽화는 때때로 소설이 가지는 독특한 분위기나 스타일과 흥미로운 상호 조응 관계를 보여 주기도 합니다. 지금 우리는 이상이 그린 삽화에 대해 이야기하지만, 박태원도 자기 소설 삽화를 세 편 정도 그렸습니다. 그중 하나인 「적멸」은 총 23회 연재가 되었는데 중간까지 삽화를 그린 이는 청전 이상범입니다. 그러다가 중간에 삽화가 바뀝니다. 자신이 직접 그린 거죠. 이렇게 박태원이 직접 그리면서 스타일이 꽤 달라집니다. 사실적인 것에서 표현주의적인 것으로 바뀌지요.

박태원과 이상의 삽화의 특징

김미영 | 삽화는 보통 작품의 이해를 돕는 보조적인 역할을 합니다. 소설의 한 장면을 시각화하여 독자의 상상력을 자극하거나 이해를 돕지요. 그런데 이상의 삽화는 달라요. 더욱더 오리무중에 빠지게 하고 작품을 수수께끼로 만들어 버려요. 기법도 남들과 달라요. 예를 들어 콜라주 같이 조각들을 이어붙여 놓거나, 커다란 시계 바로 옆에 사람의 얼굴을 그리기도 하고, 사람의 모습도 하체만 그리거나, 머리 부분을 자르고 화면에 여성의 몸만 그리기도 하지요. 이런 기법은 보나르식입니

다. 프랑스 화가인 피에르 보나르Pierre Bonnard는 캔버스에 사람의 머리가 없는 몸 부분만 그린 최초의 작가예요. 머리 부분은 화면 밖에 있는 것이지요. 이상은 현대 서양 미술사에 해박했는데, 그의 삽화에도 이 방식이 나타납니다. 또 브라크Georges Braque가 시도했던 파피에 콜레Papier Collé라는 기법이 있어요. 캔버스에 마분지, 신문지, 박스지 등을 덧대어 붙이고 붓으로 일부 그림도 그려 넣고, 또 문자도 써넣거나 도장 같은 것을 파서 찍어 넣기도 하는 방식입니다. 이상이 그린 〈구보 씨〉의 9화, 10화 그림을 보면 찻잔도 있고 테이블이나 의자도 있어요. 각각의 사물들을 콜라주 방식으로 모아 놓았고, 포인트 오브 뷰point of view가 통일되어 있지 않기도 해요. 어떤 경우에는 글씨도 적어 넣고요. 이런 삽화들은 기존의 일반적인 삽화와는 매우 다른 방식의 그림들이지요. 특히 이상은 삽화의 바탕을 까맣게 칠한 그림들이 많아요. 한마디로 삽화의 화면을 자유롭게, 제 마음대로 구성하고 있어요.

김미정 │ 한글도 있지만 일본어, 영어, 한자도 있어요.

김미영 │ 그 점은 브라크의 파피에 콜레 작품들과 유사합니다. 브라크는 건축가 출신의 화가예요. 큐비즘을 거의 완성한 화가지요. 피카소는 그것을 확

대한 작가이고요. 세잔을 이어받은 사람이 브라크인데, 이상이 워낙 세자니즘cézannisme을 중시했습니다. 브라크는 건축가 출신이기 때문에 작품의 재료와 그것의 질감에 특히 예민했어요. 건물을 지을 때 철이나 쇠를 사용하는 경우와 나무나 흙을 주재료로 사용하는 경우, 또 타일이나 벽돌을 사용하는 경우 등등 모두 피부에 닿는 질감이 다르잖아요. 브라크의 파피에 콜레 작품들을 보면, 사용한 재료의 촉감이나 질감이 모두 달라요. 브라크는 그런 재료들을 캔버스에 덧대어 작품을 만듭니다. 종이도 갖다 붙이고 박스도 찢거나 오려 붙이는 등, 조각조각을 덧붙여 화면을 구성하지요. 이런 작업들은 결국 예술은 보이는 것을 모사하는 것이 아니라 작가가 구성하는 것이라는 인식에 기초합니다.

이상의 단편 소설 「동해」에는 이상의 자작 삽화가 있는데, 그것을 보면 담뱃갑을 여섯 조각으로 잘라 서로 덧대어 놓고 있어요. 은박지도 있고, 다른 재질의 포장 용지도 있어요. 이런 삽화가 브라크의 파피에 콜레 작품을 연상시킵니다. 「동해」는 6개의 장으로 구성되는데, 각 장이 서로 다른 관점의 정경들이고 그것들을 덧붙여 콜라주 같은 서사를 완성하고 있어요. 이상은 소설에서 삽화

의 독특한 작법을 통해 서사의 내용을 암시하거
나 상징하는 방식을 자주 취합니다. 또 그림 위에
글씨를 적거나 도장 같은 것에 새겨서 숫자나 영
문자, 한글 등을 찍은 것은 그림 속의 세계가 3차
원을 아무리 모사하고 있어도 기실 화면은 2차원
임을 일깨워 주는 행위입니다. 〈구보 씨〉에서 박
태원이 어머니의 시점, 아들의 시점, 구보의 시점
을 병치시킨 것도 결국은 이 작품이 박태원의 구
성작임을 말해 주고 있어요. 24화 그림을 보면,
자전거 타는 사람 옆에 손이 그려져 있어요. 실제
현실에서는 자전거를 탄 사람 크기의 손바닥은
있을 수 없잖아요. 화가가 구성한 그림이란 것이
지요. 〈구보 씨〉에서 박태원의 작법이나 이상의
삽화 작법은 모두 〈예술 작품은 작가의 구성물〉이
라는 사실을 보여 줍니다. 그런 면에서 이상의 삽
화는 이 작품과 잘 어울리지요.

김미정 | 소설의 형식을, 이미지로 형상화했다고 볼 수
있나요?

김미영 | 그런 셈입니다. 이상의 삽화가 장면 장면의
내용을 암시한다기보다 형식적 특징을 잘 드러내
보여 주고 있어요.

유승환 | 「적멸」의 경우에서 볼 수 있듯이, 박태원은 자
기 소설의 삽화가 소설과 잘 안 어울린다고 생각

하면 삽화를 직접 그리곤 했어요. 즉 박태원은 이상의 삽화가 소설 텍스트의 내용과 곧바로 일치하지 않는다 해도, 자신의 소설의 새로운 스타일을 잘 보여 준다고 생각했을 겁니다. 그런 점에서는 이 작품을 이상과 박태원 혹은 이상과 박태원을 포함하고 있는 당대 예술가 공동체의 공동 작업이라고 볼 수 있는 여지도 충분히 있는 것 같아요.

박태원과 이상의 예술관

김미정 │ 대중적으로 알려지지 않았음에도 문인 사이에서 서로의 예술을 지키고자 하는 의식들은 단단했었나 봐요. 그러니까 이태준이 신문 기자로서 앞서 후배들을 이끌어 주기도 했겠죠?

김미영 │ 다 구인회 멤버였거든요. 그리고 이상과 박태원은 모더니즘 계열의 소설을 썼지요. 두 사람은 또래였고, 또 모두 세련된 감각을 가졌고, 음악에도 조예가 깊었던 것 같아요. 이상은 원래 화가를 꿈꿨는데 당시 조선에서 그림을 배울 데가 없어서 스케치를 배우려고 경성고등공업학교 건축과에 입학했대요. 화가가 되려 했던 만큼 이상은 시각적인 것에 예민했어요. 박태원도 그림을 좋아했지요. 스스로도 자기 작품에 삽화를 그리기도 했고요. 박태원의 동생 분인 박문원 씨는 북한에서 유명한 화가이기도 해요. 암튼, 박태원과 이상은 감각적으로 통하는 바가 많았던 것 같아요. 김기림도 그렇고요. 박태원의 단편 소설 「방란장 주인」은 이상의 삶을 모티브로 한 소설이기도 합니다. 두 사람은 그렇게 서로 영향을 주고받았던 것 같아요.

김미정 ｜ 예술성이나 감수성이 통하면 빨리 친구가 되죠. 당시에 그런 감성을 지닌 사람들은 드물었을 텐데, 문인들 중에서도요. 해외 유학파라서 그랬을까요.

김미영 ｜ 이상은 유학을 하진 않았어요. 프랑스에 가고 싶어 했는데, 갈 형편이 못 되었죠. 나중에 도쿄에 갔지요. 이상이나 박태원은 1930년대 당시엔 매우 세련된 지식인들이었습니다.

김미정 ｜ 서양의 미술사에서 보이는 모더니즘적 이미지들이 이상의 붓을 통해 한국적으로 해석되어 나오니까 멋있게 느껴집니다. 서양 화가들에게 분명히 영향을 받았을 텐데요. 당시엔 해외의 자료들을 쉽게 볼 수 있었을까요?

김미영 ｜ 일본을 통해 들어온 서양 미술사 관련 책들이 있었을 것이고, 이상 정도면 어지간한 책들은 다 봤을 것 같아요. 이상을 추억하는 사람들의 한결 같은 이야기 중 하나가, 이상이 대단한 재담가였대요. 말을 재미있게 잘했는데, 특히 서양의 현대 미술사에 관해서 워낙 해박해서 다방 같은 곳에 문인들이 모이면 그에 관해 재밌게 이야기를 해 주었답니다.

「현대 미술의 요람」이라는 중요한 글이 있어요. 일제 강점기에 나온 서양 미술사를 요약해 놓은 중요한 세 편의 글 중 하나로 꼽히는 것입니다. 그런데 그 글의 필자가 김해경으로 되어 있어요. 이상의 본명이 김해경인데, 문제는 〈경〉의 한자가 달라요. 이상의 본명 김해경은 벼슬 〈경卿〉이에요. 「현대 미술의 요람」의 필자 김해경은 경사 〈경慶〉입니다. 이상이 송해경, 해경, 김해향이라는 필명도 썼어요. 그런 식으로 이름을 계속 바꿨기 때문에, 같은 김해경인 점과 당시에 이상이 워낙 현대 미술사에 밝았던 점, 그리고 그 글의 주 내용이 아르 누보art nouveau와 세자니즘에 대한 것이어서 「현대 미술의 요람」의 김해경을 저는 이상으로 추정합니다.

이상은 세잔을 워낙 좋아했습니다. 평상시에 늘 세잔 이야기를 했다고 합니다. 또 〈아르 누보〉가 예술의 새로운 경지를 개척하는 것으로 신예술, 신미술이라는 뜻이고요. 그 글에는 〈질주〉라는 단어도 여러 번 나와요. 그래서 「오감도」에서 아이들이 질주하는 이야기와도 연결됩니다.

김미정 | 어떻게 연결이 되나요?

김미영 | 「오감도」는 1934년에 「조선중앙일보」에 발표 됐습니다. 제1편에서는 13인의 아해가 달려갑니다. 〈13인의 아해〉에 대해서는 조선의 13개 도다, 예수님과 그의 제자 12명을 합친 13인을 뜻한다 등의 설이 있었습니다. 저는 장 콕토Jean Cocteau의 소설 『무서운 아이들Les Enfants Terribles』이라는 작품 에서 온 게 아닌가 싶습니다. 이상과 장 콕토와의 짙은 연관성은 이미 여러 논문에서 입증되었고요. 암튼 장 콕토의 소설 『무서운 아이들』에서 〈무서운 아이들〉은 새로운 예술의 경지를 끝없이 추구하는 예술가들이거든요.

이상이 건축 쪽 일을 하던 사람이고 작가로서 는 무명인데 어떻게 「조선중앙일보」에 「오감도」를 연재할 수 있었을까요? 이태준의 알선과 박태원의 도움으로 가능했는데, 이때 이상은 동료들에게 자 신이 이미 써 놓은 시가 엄청나게 많다고 말했대 요. 그 가운데서 대중에게 시인 이상의 첫인상을 좌우할 데뷔작을 골라서 「조선중앙일보」에 게재하 게 되었을 때 이상은 「오감도」를 선택했어요. 이 「오감도」의 제1편은 13인의 아이들이 질주하는 이미지예요. 막다른 골목이어도 괜찮고, 심지어 막힌 골목이어도 괜찮다며 그들은 질주를 계속합니다. 그러니까 「오감도」는 무서운 속도로 질주하는 예술가상을 제시한 작품으로 저는 해석합니다. 즉 이상은 스스로 예술가로서 새로운 예술의 경지를 개척하기 위해 새로운 방식, 새로운 표현 기법, 전통을 깨는 과감한 시도를 해서 예술의 신경지〈아르누보〉를 향해 끊임없이 질주하겠다, 그게 심지어 막다른 골목이어도 상관없고, 뒤를 쫓아오는 새로운 후배들로 추월되어도 상관없고, 암튼 예술가는〈아르 누보〉를 향해 질주할 수밖에 없는 운명의 존재들이다, 뭐 그런 이상이 생각하는 예술가상을 매우 새로운 방식으로 제시한 작품이 아닌가 합니다.

김미정 ǀ 자신이 생각한 예술관에 대한 일관된 표현 방식이 보이는군요. 제목도 또 특별해요.

김미영 ǀ 원래 이 작품의 제목인〈오감도〉는〈조감도〉에서〈조〉를 빼고〈까마귀〉라는 뜻의 한자〈오鳥〉를 넣은 것입니다. 그런데〈조감도〉라는 개념은 이상과 동시대에 활동한 유럽의 천재 건축가 르 코르뷔지에Le Corbusier가 만든 것입니다. 이상도 건축을 전공했잖아요. 건축 분야에서 이상이 영향을 많이 받은 데가 바우하우스와 르 코르뷔지에예요.

  바우하우스는 1919년에 독일에서 창설되어

1933년에 히틀러의 탄압으로 문을 닫고 미국으로 옮겨 간, 당시 건축과 공예를 이끈 유럽의 예술가 그룹의 모임이자 교육 기관이었어요. 르 코르뷔지에는 스웨덴 출신으로 프랑스에서 활동한 세계적인 건축가입니다. 화가로도 시인으로도 활동했고 저술가이기도 했어요. 르 코르뷔지에는 바우하우스 그룹에 대적할 정도의 건축가였습니다. 그런데 그는 옆모습의 생김새가 꼭 까마귀 같다고 해서 예명을 〈까마귀를 닮은 사람〉이란 뜻의 〈르 코르뷔지에〉로 해서 활동했지요.

그가 파리의 교통 도로망 정비 사업인 부아쟁 프로젝트Plan Voisin를 따면서, 창공에서 도로의 형태를 조망해야 할 필요가 있어 〈조감도〉라는 개념을 만들게 되었어요. 이상은 그 〈조감도〉라는 단어에 〈까마귀〉란 뜻을 넣어 〈오감도〉란 시 제목을 만들었습니다. 이 제목에는 건축을 전공한 자신의 정체성도 담겨 있고, 르 코르뷔지에와 같이 새로움을 추구하는 예술가가 되겠다는 포부도 담긴 것으로 보입니다.

김미정 │ 모든 작품에서 이름, 제목이 중요하지만 이상은 더욱 특별했던 것 같습니다. 예명, 필명도 많았고요. 다 자신의 정체성과 이상적이라 생각하는 예술관을 긴밀하게 연결해 놓은 것 같습니다.

김미영 | 이상은 본명이 김해경인데, 이상이란 필명 외에도 비구, 하융, 보산, R, R.S, 해경, 송해경, 김해향 등 여러 예명을 사용했어요. 하지만 결국 이상이란 예명으로 굳어졌죠. 이상이란 필명에 상자⟨상箱⟩이 쓰입니다. 원래 사람의 이름에 쓰지 않는 한자입니다. 그럼 이상은 왜 그걸 사용했을까요?

서양 미술사에서 현대를 연 사조가 큐비즘cubism입니다. 그런데 큐비즘의 큐브cube가 원래 상자란 뜻입니다. 브라크가 그린 「에스타크의 집」(1908)을 본 미술 평론가가 큐브(상자)를 쌓아 놓은 것 같다고 한 데에서 나온 말이 큐비즘입니다. 이상의 소설이나 시는 다관점주의적으로 창작되어 큐비즘적이지요. 또 신건축이나 바우하우스의 건축은 기본이 상자 형식입니다. 직육면체 꼴이지요. 이상이란 필명의 상자 ⟨상⟩은 그런 의미들이 담겨 있다고 저는 봅니다.

다시 「오감도」 이야기로 돌아갈게요. 이상은 시인으로서 1934년 「조선중앙일보」에 일반 대중과 첫 대면하는 소중한 자리가 주어졌을 때, 자신이 써둔 많은 시들 가운데 「오감도」를 골라 수록한 것은 건축을 전공한 본인의 개성도 살리면서 예술의 새로운 경지, 표현이나 형식이나 내용 면에서 완전히 새로운, 파격적인 것을 추구하려는 의지를 표명한 일로 보입니다. 그런 맥락에서 자신이 생각하는 새로운 예술가상—〈아르 누보〉를 향해 질주하는 무서운 아해들—을 제시하되, 파격적인 형식으로 했던 것이 아닌가 합니다. 〈13〉이란 숫자는 당시 바우하우스에서 아르 누보를 추구하는 교수가 칸딘스키, 클레 등을 비롯하여 13인이었던 사실이나, 일본에서 새로운 회화를 추구하던 신감각파 화가 그룹 13인회를 연상시켜요. 이는 조형 예술과 이상 문학의 관련성을 연구한 제 개인적인 추측입니다.

김미정 | 이태준, 김기림, 박태원 등은 이러한 이상의 예술관을 이해하고 지지한 문학 동지들이었군요.

모더니스트로서의 박태원과 이상

김미정 | 이 소설을 읽다 보니, 저희 재단에서 2022년 북아트 문학 전시를 했던 제임스 조이스의 『율리시스』가 떠오릅니다. 「소설가 구보 씨의 일일」과 하루 동안 도시를 돌아다닌다는 콘셉트가 같고, 심지어 귀가 시간도 비슷합니다. 새벽 2시죠. 게다가 작품 속에 언급도 됩니다. 세계 문학사적인 흐름을 보면 1922년에 나왔던 『율리시스』가 모더니즘 소설의 큰 상징이 됩니다. 그러한 점을 박태원이나 이상이 의식했을 거라는 생각이 듭니다.

유승환 │ 일단 저는 『율리시스』를 안 읽어 봐서 직접적인 비교는 어렵습니다. 보통 소설 속에서 구보에게 『율리시스』를 언급하는 기자 출신의 친구를 김기림으로 봅니다. 김기림 같은 사람들이 『율리시스』를 의식하고 있었던 건 분명한 것 같아요. 박태원이 쓴 대표적인 평론인 「표현 묘사 기교」라는 글이 있어요. 이 글에서도 제임스 조이스와 『율리시스』가 언급됩니다. 박태원이 조이스와 『율리시스』를 의식하고 있었다는 것은 분명한 것 같기는 한데요. 안 읽어 보고 이야기를 하기엔 어렵습니다만, 그렇다고 해서 이게 차용했다거나 일방적으로 영향을 받았다거나 하는 식으로 이야기하기는 힘들겠다고 생각합니다.

김미정 │ 네. 당연히 문학을, 특히 다른 언어와 문화권의 작품을 그대로 가져올 수는 없겠지요. 그러나 그 형식을 따라갔다고 해야 할까요? 아침에 나가는 부분, 귀가 시간, 그리고 계속해서 그 의식의 흐름을 보여 주는 부분들 말이죠. 예를 들면 이전에 도쿄에서 만났던 여성의 이야기가 설렁탕집에 들어갔을 때 계속해서 겹쳐서 나오게 되는데요. 이게 도대체 지금 서울에서 일어나는 일인지 도쿄에서 일어나는 일인지 순간적으로 알기 어려워요. 이야기가 잘 정돈되는 전통적인 방식을 따르는 게 아니라, 계속해서 장면을 중첩시키며 독자들을 혼란에 빠뜨립니다. 그게 딱 『율리시스』에서 제임스 조이스가 하는 의식의 흐름 기법입니다. 제가 궁금한 부분은, 그래서 이들이 모더니티, 모더니즘이라는 것을 어떻게 의식을 했을까 하는 것입니다. 서양에서 그렇게 모더니즘이라고 명명되는 작품들을 적극적으로 읽거나, 수용하거나 적용할 수 있었겠다는 생각이 들었습니다.

유승환 | 애초에 그 〈모더니즘〉이라는 말이 이 시기 문인들에게 적극적으로 쓰이는 말이 아니었어요. 그러니까 그 모더니즘이라는 말을 의식적으로 사용한 사람이 있다면 제가 봤을 때는 김기림 정도입니다. 하지만 김기림은 기본적으로 영문학을 공부한 시인이었기 때문에, 그가 말하는 모더니즘이라는 건 주로 영미 문학의 전통을 의식하면서 나오는 것입니다. 이 시기에 김기림을 제외하고 모더니즘이라는 말을 의식적으로 사용하는 사람은 없는 편입니다. 우리는 보통 모더니즘이 리얼리즘의 대립점에 서 있는 사조라고 생각을 하잖아요. 이를테면 리얼리즘의 카프KAPF 문학이 있고, 모더니즘의 구인회가 있다는 식으로. 그러나 그런 것들은 사후에 만든 개념입니다. 이런 구도 자체가 실제 한국 문학사의 실상과는 맞지 않는 부분들이 있어요.

김미정 | 당시에는 그렇게 이분법적으로 나뉜 개념이 아니었다는 말씀인가요?

유승환 | 네. 그리고 모더니즘이라는 개념은 서양에서도 논란이 적지 않은 개념이라는 말씀을 드리고 싶습니다. 그러니까 모더니즘이 뭐냐, 라고 했을 때 한마디로 정의할 수 있는 사람이 없을 겁니다.

과거에 모더니즘이라는 걸 이해하는 방식은, 서양 문학의 최첨단 기법이라든가 최첨단의 기술 매체와 결합된 문학적 표현 방식 등으로 이해하고 거기에 표준을 두었죠. 하지만 이렇게 서양의 모더니즘을 표준으로 두고, 거기에 한국 모더니즘을 비교하는 관점에서라면 한국 모더니즘은 항상 불완전한 것일 수밖에 없죠. 한국 문학뿐만 아니라 일본, 중국 문학도 마찬가지입니다. 그러니까 항상 서양의 진짜 모더니즘과 비교하면 모자라다고 이야기될 수밖에 없거든요. 이러한 관점에서 제임스 조이스와 박태원을 비교한다면 결국, 〈박태원은 제임스 조이스의 영향을 얼마나 받았고 얼마나 잘 수용했는가?〉 〈박태원의 모더니즘은 제임스 조이스의 수준까지 이르렀는가?〉라는 식의 질문이 나옵니다.

그런데 최근에 서양의 모더니즘 문학 연구에서도 모더니즘 개념에 대한 반성적인 성찰이 이루어지고 있고, 그래서 모더니즘의 개념을 조금 다르게 이해하려는 시도도 나타나고 있습니다. 세계적인 동시성을 가지면서도 조금씩 다른 시간 과 공간들이 동시에 공존하던 세계 전체에 대한 인식을 바탕으로 모더니티와 모더니즘을 이해하 려는 시도라고 할까요? 이를테면 〈구보 씨〉가 발 표된 1934년이라고 할 때, 바로 그 시간의 〈모던 한〉 세계란 영국, 프랑스, 미국뿐만 아니라 일본 이나 중국도, 그리고 식민지 조선을 동시에 포함 하고 있는 것입니다. 이 서로 다른 공간들은 세계 사적인 동시성을 가지고 같이 존재함으로써 〈모 던한〉 세계를 이루지만, 또한 각 지역마다 그 구 체적인 시공간의 특성이나 성격은 또 어떤 차이 들을 드러내고 있었지요. 그렇다면 세계사적인 동시성을 가지고 같이 흘러가면서도 또 각각의 지역마다 서로 다른 양상으로 나타나는 이 시간 성들을 어떻게 다양하게 교차시켜 낼 수 있을까, 하는 관점이 최근 모더니즘에 관한 논의의 핵심 적인 문제라고 할 수 있습니다. 이러한 맥락에서 소위 〈신모더니즘〉이라든가, 전 세계적 모더니즘 이라고 번역할 수 있는 〈지오모더니즘geomodernis-ms〉이라든가 하는 개념들도 나오고 있습니다.

물론 우리가 박태원의 문학, 혹은 동시대 식민

지 조선의 예술가 공동체에 대해서 이야기를 할 때, 그들이 세계사적 문화의 흐름에 대해서 민감했다는 배경을 무시할 수 없습니다. 이상이 「오감도」 연재의 중단 이후 〈대체 우리는 남보다 수십 년씩 떨어져도 마음 놓고 지낼 작정이냐〉라고 이야기했다고 하죠. 이처럼 이상과 박태원 같은 이 시기의 중요한 문인들은 그들이 세계 문화와 같은 시간을 살아가고 있다는 감각을 가지고, 이러한 감각을 바탕으로 작업을 해 나갔습니다. 그럼에도 불구하고 박태원 앞에 놓인 이 경성이라는 공간은 식민지적 공간입니다. 그 식민지적 공간은 틀림없이 〈모던한〉 세계의 일부를 이루고 있지만, 식민지적인 공간으로서의 고유한 시간성들, 고유한 문화들을 가지죠. 그렇다면 그 세계사적 동시성의 감각과 식민지의 고유한 시간성이 박태원의 문학 안에서 어떻게 교차하면서 1934년의 〈구보 씨〉가 식민지 경성이라는 공간을 어떻게 다시금 문제삼고 있는가, 이러한 부분을 살피는 것이 최근의 관점에서는 조금 더 중요한 문제가 아닐까 생각합니다.

김미정 | 제가 『율리시스』를 읽을 때 모더니즘이라는 개념을 간단명료하게 이해하려고 노력했습니다. 인간의 시선이 예전에는 〈신〉에 있다가, 그다음엔

시대적인 배경과 상황 속의 〈인간〉에 있다가, 그후에는 인간 〈내면〉 의식으로 들어오게 되면서, 정해진 형식이 무의미해지고 개인 고유의 새롭고 다양한 형식과 방식들이 수용되는 것을, 모더니즘 문학이라는 큰 틀로 이해했습니다. 『율리시스』는 그래서 이전엔 없던 의식의 흐름을 쏟아내는, 파격적인 하나의 문학적 방식이라고 생각했습니다. 그렇게 자연스럽게 인간의 그리고 예술가들의 의식이 이어진 것 같습니다. 앞으로는 지역성, 역사성, 문화성이 결합되면서 어떤 특징이나 형태들이 더욱 고유해진 것이라는 차원에서 생각하면서 봐야겠군요. 김미영 선생님은 『율리시스』와의 관계에 대해 어떻게 생각하세요?

김미영 | 『율리시스』는 아일랜드가 영국으로부터 부분적으로 독립하고 나서 내분을 겪던 때인 1922년에 나왔어요. 그러니까 아일랜드가 완전히는 독립을 못하고 일부는 영국 치하에 있던 시기이지요. 〈구보 씨〉는 지식인인 주인공이 국권을 상실한 일제 강점기에 제대로 된 직장도 가질 수 없고 관직에도 나갈 수 없어서 소설이나 끄적거리며 지내는 답답한 하루를 그려 보인 작품입니다. 그런 면에서 조이스의 『율리시스』가 발표된 아일랜드의 상황과 〈구보 씨〉의 분위기가 유사한 일면이

없지 않지요. 〈구보 씨〉 작품 속에도 『율리시스』가 언급되어 있지요. 하지만 두 작품의 유사성에 대해서 저는 구체적인 말씀을 드릴 게 없어요. 제가 『율리시스』를 잘 몰라서요. (웃음)

김미정 │ 그렇군요. 그리고 모더니즘이라는 용어가 그 당시에는 잘 쓰이지 않았다는 것이 흥미롭습니다.

김미영 │ 유 선생님께서 모더니즘, 모더니티에 관한 이 야기를 해주셨는데, 사실 당시에 모더니즘이라는 용어가 많이 안 쓰인 건 맞습니다. 당시엔 최재서라는 비평가도 박태원의 「천변풍경」은 리얼리즘의 확대다, 이상의 「날개」는 리얼리즘의 심화다라고 했거든요. 즉 두 작품 모두를 리얼리즘 선상에서 봤습니다. 그때는 모더니즘이라는 용어보다 리얼리즘이라는 용어가 더 널리 사용되었어요. 지금의 시각에선 통상적으로 구인회를 모더니즘 작가들의 모임으로 간주하지만, 당시 그들 스스로는 자신들을 문학주의자로 생각했을 개연성이 큽니다. 일제 강점기니까 독립운동도 해야 되고 노동 쟁의에도 관심이 많았죠.

그러나 구인회 멤버들은 이념이나 정치 쪽보다는, 예술가라는 자의식이 강했던 사람들입니다. 〈민족지사〉나 〈문사〉의 역할보다, 〈예술가〉라는 정체성에 집중한 사람들이었죠. 그러다 보니 예술적인 방식에서 새로움을 추구하고, 그 부분에서 새로운 경지에 오르려 했던 것으로 보입니다. 당시 일본에는 〈신감각파〉라는 그룹이 있었어요. 구인회는 그들과 상통하는 부분이 있어요. 구인회 멤버들 가운데 이태준이나 김유정 같은 분들은 전통과의 연결점이 있긴 하지만, 박태원이나 김기림, 이상은 시각적인 것을 포함하여 좀 더 모던한 것을 추구하였습니다.

　　이들보다 약간 앞서 활동한 카프의 작가들은 역사의 발전을 추동하고자 노력한 리얼리스트들이었는데, 그들과는 차별화되는 부분이 분명하지요. 카프에서 활동한 리얼리스트들은 미래에의 전망을 가지고 현실과 싸워 나가는 문학인들이었어요. 거기에 반해 구인회 구성원들은 그런 낙관적인 미래를 신뢰하지 않았던 것 같아요. 그들에게 미래는 불투명하고, 따라서 그들이 할 수 있는 것은 지금 주어진 조건 속에서 예술가로서 최선을 다하는 일이었지요. 역사의 발전을 전망하진 못했지만 그렇다고 그들이 비관주의적이진 않았어요. 다만, 지금도 예술가 중에는 정치에 별다른 관심을 표명하지 않고 자신의 분야만 파는 사람들이 있잖아요. 당시는 일제 강점기였기 때문에 〈민족〉이나 〈독립〉, 〈계몽〉 등 너무 크고 뚜렷한 과

제가 있었지요. 당시에 문인이면 상당한 지식인
일 터인데 그런 그들이 중차대한 민족 문제에 직
접적인 발언들을 별로 하지 않았다고 해서 그 사
실 때문에 그들을 단죄할 필요는 없을 것 같아요.
구인회는 세계와 나란히 가는 예술을 추구했고,
그것이 예술가에게는 중요한 일이기도 하니까요.
제 생각에는 그런 구인회 멤버들의 색채를 사후
에 우리가 모더니즘이라 이름 붙인 것 같아요.

유승환 | 김미영 선생님의 말씀은 구인회 멤버들이 가
지고 있었던 예술가로서 자의식이라는 문제로 이
어지는 것 같습니다. 근대 사회의 다양한 예술 장
르에 대한 복합적인 관심을 가지면서 그것을 어
떻게든 교차시켜 나가려고 했던 그런 흐름들을
보였던 사람들 중 상당수가 구인회에 있었다고
봅니다. 그중에서 가장 대표적인 사람이 사실 이
상과 박태원 같은 경우이죠.

김미정 | 다양한 장르라고 하면 뭐 미술, 건축 등을 모
두 포함하는 것인가요.

유승환 | 네. 이상의 경우는 건축도 포함될 테고.

김미영 | 그렇지요.

유승환 | 박태원 문학에서도 영화나 음악 같은 것들이
굉장히 중요합니다. 작품 속에서도 굉장히 구체
적으로 이야기해요. 15화에 나오지만, 어떤 키

페에 가면 누구의 어떤 곡을 들을 수 있다는 것이 좋다는 이야기가 구체적으로 나옵니다. 앞서 이 사람들이 근대 문화, 현대 예술에 대한 큰 관심을 가지고 동시에 세계적인 동시성 안에서 사고했다고 말씀드렸어요. 이를테면, 박태원은 외국 영화를 패러디해서 글을 쓰는 경우도 있는데, 일종의 유머러스한 추리물입니다. 작품 속 탐정으로 셜록 홈스가 나오는데 그 라이벌로 누구를 등장시키냐면, 구보 씨입니다. 「최후의 억만장자」(1937)라는 작품인데, 그러니까 이 작품에서는 셜록 홈즈와 구보가 우스팡스러운 추리 대결을 펼치는 셈이지요. 이러한 작품에서는 자신의 문학이 서구의 첨단적인 문학, 예술에도 뒤지지 않는다는 박태원의 자의식 같은 것을 읽을 수 있습니다.

또한 박태원은 이렇게 다양한 예술 장르들을 교차시켜 나가면서, 문학의 질료인 언어에 대해서도, 그것을 단순히 의미를 전달하는 수단으로서 생각하는 것에 그치지 않고, 언어 자체가 가지고 있는 시각성, 특히 인쇄 매체로서의 언어 매체가 가지고 있는 물질적 시각성을 굉장히 강조합니다. 「소설가 구보 씨의 일일」 연재본을 보시면 각 회를 시작할 때 〈어머니는〉, 〈전차 안에서〉, 〈다방을〉 등등이라고 그 시작 부분을 큰 글씨로 굵게 표시하는데, 저게 장 제목이 아니잖아요.

김미정 그렇죠. 각 화를 시작하는 문장의 첫머리.

유승환 네. 문장의 첫머리잖아요. 문장의 일부를 지면에 저런 식으로 배치한다는 것도 사실은 인쇄 매체를 통해 발현되는 언어의 시각성을 어떻게 활용할 수 있을까, 라는 문제에 대해 굉장히 신경을 쓴 부분이라고 하겠습니다. 또 3화를 보면 작품 속에 처방전 내용을 그대로 제시하잖아요. 처방전의 내용이 텍스트에 일종의 표처럼 들어가고 또 삽화로도 반복됩니다. 아까 말씀드린 평론 「표현 묘사 기교」에서도 인쇄 매체라는 근대적인 언어의 표현 매체 수단에서 언어의 시각성을 어떻게 조절함으로써 어떤 효과를 낼 수 있는가에 대해 씁니다. 이를테면 큰소리와 작은 소리가 있다고 할 때 어떻게 구분할까요? 좀 단순한 이야기처럼 보일 수도 있겠습니다만, 박태원은 이를테면 활자의 크기를 조절함으로써 큰 소리와 작은 소리를 구분해서 표현할 수도 있다고 이야기합니다. 그러니까 큰 소리는 큰 활자로, 작은 소리는 작은 활자로 인쇄한다는 것이죠. 또 박태원은 활자의 배치 방향을 바꿈으로써 소리의 전달 방향과 같은 것을 표현할 수 있는 가능성도 이야기합니다.

    예를 들어 전봇대 위에 올라가 있는 사람과
아래에 있는 사람이 대화를 나눈다고 할 때, 글자
를 위 아래로 뒤집음으로써(그러니까 ㅣ아옮ㅔ 말
입니다) 위에서 아래로 내려오는 소리를 표현할
수 있다는 것입니다. 그러니까 박태원은 인쇄 매
체에서 언어가 가질 수 있는 시각성에 주목하면
서 그것을 문학적으로 어떻게 활용할지를 강하게
고민했던 것이지요.

    모두가 그랬던 것은 아니었습니다만, 이들과
비슷한 예술가적 자의식을 가지고 있었던 구인회
와 같은 예술가 공동체의 몇몇 작가들은 다양한
예술 장르를, 요즘 용어로 말하자면 〈융합〉을 시
킨다거나 예술 장르들 사이의 경계를 넘어가는
방식으로, 자신의 작품 활동을 전개해 나가려고
했던 측면이 있습니다. 아까 말씀하셨던 그 『율리
시스』랑 거의 비슷하다는 설렁탕집 장면은 사실
박태원이 「표현 묘사 기교」에서 제임스 조이스의
『율리시스』를 언급하며 해설을 붙이고 있는 부분
이기도 합니다. 물론 박태원은 조이스를 참고했
다고 이야기하지는 않고, 〈조이스도 『율리시스』
에서 비슷한 시도를 했다〉는 식으로 이야기하긴
하는데요. 어쨌든 〈구보 씨〉에서 그 장면은 박태
원 스스로 영화의 〈오버랩 기법〉을 참고해서 썼

대담   229

다고 말하는 부분입니다. 그러니까 두 개의 서로 다른 장면들을 겹쳐서 보여 주는 오버랩 기법이라든가, 아니면 두 개의 상이한 장면과 이미지를 교차 편집하며 보여 주는 몽타주와 같은 영화의 수법들을 소설에서 어떻게 표현할 수 있을까, 다시 말해 영화로부터 무엇을 배워서 소설을 어떻게 바꿀 수 있을까 등을 열심히 고민한 흔적들이 〈구보 씨〉와 같은 박태원의 작품에서 자주 나타납니다.

김미정 │ 선생님, 중간에 구인회 사람 모두가 그랬던 것은 아니라고 하셨어요.

유승환 │ 그러니까 구인회에 있는 사람들 전부가 모더니스트라고 생각하지는 않습니다.

김미영 │ 전부는 아니죠. 김유정은 많이 다릅니다. 이태준도 좀 그렇고요.

김미정 │ 그러면 이상과 박태원은 상대적으로 더욱 그러했다는 말씀이시군요. 알겠습니다. 각각의 작품 세계 안에서 모더니티, 그러니까 이전과는 다른 어떤 시도들에서 그들의 모더니티를 볼 수 있다고 말씀하십니다. 즉 경계를 넘는 방식들, 즉 문자를 문자로만 사용하지 않고 시각, 촉각 등 모든 것들을 결합해서 하나의 예술 안에서 소화하려는 시도 등을 말씀해 주셨는데요. 이들의 작품에서 나타난 모더니즘의 특성들은 어떤 것이라고 짚어 줄 수 있나요?

유승환 │ 사실 제가 모더니즘에 대해서 깊이 공부한 사람은 아니라서, 모더니즘은 상당히 논쟁적인 개념이거든요. 그래서 굉장히 조심스러운데.

김미정 │ 알겠습니다.

유승환 │ 그럼에도 불구하고 제 관점을 말씀드리자면, 사실 모더니즘은 다른 한편으로 현대적인 기술, 테크놀로지와의 관계라는 측면에서도 이야기해 볼 수 있겠습니다. 어떤 사람은 현대적 기술이 보여 주는 새로운 감각이나 힘에 매혹되어, 이를테면 기차나 비행기와 같은 것들이 주는 그 어마어마한 속도에 영감을 받아 작품을 쓸 수도 있고, 김기림의 문학이 잘 보여 주지만 또 어떤 사람들은 반대로 현대의 기술 문명에 대한 문명 비판적인 자세를 취할 수도 있겠지요. 하지만 이 두 경우 모두 현대 기술 문명과의 관계 속에서 자신의 문학적 입장을 설정한다는 점에서는 동일합니다. 박태원이 〈인쇄 매체〉에 대한 예민한 감각을 가지고 있었다는 점을 아까 말씀드렸습니다. 즉, 박태원은 텍스트 혹은 언어를 그 언어에 대응되는 현실적인 대상을 일대일로 지시하기 위한 것으로서뿐만 아니라, 언어와 현실 사이를 매개하는 기술

적인 미디어로서의 인쇄 매체 속에 자리 잡는 어
떤 것으로 사유하면서, 인쇄 매체와의 관계 속에
서 언어를 어떻게 활용할 수 있을지에 대한 고민
들을 지속했던 것입니다.

김미정 | 이상은 어땠나요?

김미영 | 이상은 인쇄에 관심이 특별히 많았어요. 도쿄
에 가기 전에 이상은 자신은 앞으로 〈철을 연구하
겠다〉고 했는데, 이때 〈철〉이 에펠탑과 같은 철골
구조의 건축을 말하는지, 〈인쇄술〉을 지칭하는지
는 정확히 모르겠어요. 이상이 인쇄에 관심이 많
았던 건 그의 부친이 인쇄소의 활판공이었던 데
에서도 영향을 받았을 수 있지요. 이상의 부친은
프레스기에 손가락이 잘려 나중에는 이발소를 하
였어요. 그런데 이발소는 또 거울이 많은 곳이잖
아요. 암튼, 이상은 숫자를 뒤집어 표기한 시도 일
간지에 발표했는데, 이럴 경우 인쇄 과정이나 조
판 작업에 대한 이해가 없으면 사실 쉽지가 않거
든요. 이상은 잡지의 표지 도안도 했고, 북 장정에
도 관여하는 등 인쇄나 레이아웃, 활자, 편집 등에
관심이 많았어요. 그의 타이포그래픽한 시들이
그것을 말해 주기도 하지요. 건축 기사였던 이상
이 폐결핵으로 건축 현장에서의 일을 할 수가 없
게 되자 문학으로 완전히 전향했지만, 죽기 직전

에는 그는 파리로 가서 철을 연구하겠노라 했어요. 어쩌면 이상은 누구보다도 〈쇠(철-현대 기술문명)〉의 힘을 믿었던 것 같아요. 이상은 미국의 고층 빌딩 건축에 대해 경이로워했고, 영화도 매우 좋아했어요. 하지만 경제적으로 형편이 여의치 않아 결국 파리가 아닌 도쿄로 가서 안타깝게 죽었지요.

김미정 │ 매체나 기술을 이용해 새로운 경계를 넘어서는 그들의 방식에 대해서 이야기해 주셨습니다. 이런 고민의 흔적들이 그들의 문학 내에서 모더니티를 띠게 하는군요. 그 외에도 더 있나요?

유승환 │ 사실 그 외에도 일반적으로 하는 이야기입니다만, 뭐 너무 많죠. 이를테면 〈구보 씨〉에서 소설가 구보는 경성의 근대 문화 혹은 근대인들의 욕망과 같은 것들이 나타나는 주요 장소들을 계속 답사합니다. 가장 대표적인 게 백화점이 있고, 카페도 있습니다. 특히 백화점 같은 데를 보면서 이 시대가 황금광 시대라는 이야기를 하고, 심지어 서정 시인들도 금광을 캐러 나가는 그런 시대가 됐는데, 그렇다면 이 시대의 조선인 대중들에게 있어 행복이란 과연 무엇일까 하는 문제를 계속 고민합니다. 또한 이러한 근대 대중들의 행복을 특히 돈의 문제, 즉 행복과 돈 사이의 환금 가능성이라는 문제와 결부시켜 나가면서, 근대 자본주의적 도시화가 어느 정도 진전되었던, 1930년대 경성에서 새롭게 나타나기 시작한 도시적 일상성과 그 속의 욕망들을 예술가적인 자의식을 가진 서술자 구보의 눈으로 그립니다. 또한 뚜렷한 전개나 극적인 구성 방식을 취하지 않고 계속해서 거리를 산책하면서 바라보는 사물들이나 단상들을 적어 나간 구성 방식들도 그렇습니다. 저는 그다지 선호하지 않는 말입니다만 〈의식의 흐름〉이라는 말로 이런 방식을 개념화하기도 하죠.

김미정 | 모더니티라고 볼 수 있나요.

유승환 | 그렇죠. 1930년대 식민지 경성의 모더니티를 포착하고 드러내는 방식의 하나라고 이야기할 수 있겠죠.

박태원 그리고 구보의 고현학

김미정 | 고현학이라는 용어가 있습니다. 소설에서도 화자가 영어로 한마디하지 않나요?

유승환 | 〈모데로노로지오〉, 즉 모더놀로지modernology라고 했죠.

김미정 | 지금 말씀해 주신 것과 연결지을 수 있나요?

유승환 | 이 부분은 좀 복잡하다고 생각합니다. 박태원이 이 작품을 발표하기 전에 1933년 「반년간」이라는 작품을 써요.

김미영 | 그 작품에서 박태원은 자작 삽화를 그렸지요.

유승환 | 네. 자작 삽화를 한 것으로 유명한 작품이고요. 작품 자체는 미완입니다. 박태원이 1930년부터 1931년까지 호세이 대학교에서 1년 학교를 다니다가 중퇴를 하고 돌아오는데, 도쿄에서의 경험을 바탕으로 쓴 소설입니다. 박태원이 유학을 할 때 일본에서 관심을 가졌던 것 중의 하나가 고현학이에요. 고현학은 정확하게는 1920년대 중반 관동 대지진 이후 재건되는 도쿄의 모습을 기록하자는 모토를 가지고 곤 와지로今和次郞라는 일본의 학자가 주창한 것입니다. 우리가 할 건 고고학考古學이 아니라 〈고현학考現學〉이라고요.

김미정 | 지금의 모습을 그리자! 그런 배경이었군요.

유승환 | 네. 그래서 곤 와지로의 책을 살펴보면 정말 별별 이상한 방법으로 당시에 도쿄의 모습을 기록합니다. 이를테면, 사람들이 많이 왕래하는 다리가 있어요. 다리 앞에 조사관을 파견합니다. 일정 시간 동안 그 다리를 왕래하는 사람들의 수요를 성별, 연령별로 분류해서 적고, 그 사람들의 의복을 분류해서 표로 만들어요. 주요한 의복들은 그림으

로 남기기도 하고. 그 당시의 세태, 풍속을 다양한 그림이나 표를 동원해서 기록해 나갑니다. 이것을 엄밀한 학문이라고 볼 수 있는지는 잘 모르겠습니다만, 어쨌건 고현학은 지금의 현실을 기록하기 위해 창안된 또 하나의 방법이었습니다. 지금 우리가 살고 있는 근대의 풍경들, 도쿄가 재건되는 과정에서 새롭게 탄생하고 있는 이 모더니티, 대지진으로 인해서 무너진 도쿄가 재건되는 과정에서 재탄생하고 있는 모더니티를 문제 삼고, 이를 기록하기 위한 방법이었던 것이죠.

이때 박태원은 모더니티를 기록하는 방법론으로서의 고현학에 굉장히 큰 흥미를 가졌나 봐요. 그러한 점에서 「반년간」과 같은 작품은 고현학의 방법과도 유사하게, 작품에 실제로 표 같은 것들이 삽입되어 있기도 하고요. 또 박태원이 직접 그린 삽화에는 풍속화 같은 느낌이 나기도 합니다. 도쿄의 어떤 장소를 사진을 참고해서 스케치하듯이 그린 것도 있어요. 그러니까 「반년간」은 고현학을 의식하면서, 고현학적 방법을 소설 쓰기에 적용하겠다는 생각을 했던 것이죠. 그런데 저는 「반년간」과는 달리 「소설가 구보 씨의 일일」에서는 고현학이 구현되지 못한다고 생각합니다. 소설 중간에 그 용어가 한 번 나오는데, 어떤 식으로 나오냐면 〈모데로노로지오를 게을리하기 이미 오래다)라고 합니다. 정확하게.

김미정 | (웃음) 게을러서 못 하는 건가요?

유승환 | 저는 이 고현학이라는 것이 식민지 조선에서 식민지 작가에 의해서 실현될 수 있느냐는 문제를 다루는 작품이 「소설가 구보 씨의 일일」이라고 생각합니다. 고현학의 성과를 보여 주는 작품이 아니라, 〈그게 가능할 수 있느냐 없느냐〉를 문제 삼습니다. 구보 씨가 산책 나갈 때 들고 다니는 아이템이 두 개 있습니다. 하나는 단장이고 다른 하나는.

김미정 | 노트.

유승환 | 무언가를 봤을 때 노트에 적어야 고현학인 것이죠. 근데 이 작품에서 구보가 고현학을 하기 위해서 노트를 펴는 장면이 얼마나 나옵니까? 딱 두 부분이 있어요.

김미정 | (웃음) 아, 있어요?

유승환 | 하나는 경성역에 갔을 때입니다. 역사에 의자에 앉은 남자가 나와요. 머리가 솟아오르고 안구가 튀어나온, 바세도우씨 병에 걸린 남자죠.

김미정 | 갑상선 기능 항진증이라고 합니다.

유승환 | 아마 노동자로 생각이 되는데, 그 사람이 벤치에 앉아 있는 모습은 이상이 삽화로도 그렸습

니다. 그런데 그 벤치 좌우가 비어 있거든요. 그러
니까 다른 사람들이 그 남자를 보고 그 주변에 가
까이 가지 않는 것이죠.

김미정 | 꺼려하죠.

유승환 | 네. 동시에 아기를 안고 있는 젊은 엄마가 있
었는데.

김미정 | 이 사람인가? 독자들은 73면, 작품의 12화의
이미지를 보시면 됩니다.

유승환 | 여기, 이 장면이에요. 이 장면에서 지금 저 사람
이 노동자로 병에 걸린 사람이고 의자의 좌우가 비
었는데, 음, 비어 있는 자리가 그렇게 넓진 않네요?

김미영 | (웃음)

김미정 | 얼굴도 많이 붓지는 않았는데. (웃음)

유승환 | 삽화가 좀 문제가 있네요. (웃음)

김미정 | 소설에서 이렇게 표현됩니다. 〈사십여 세의
노동자. 전경부의 광범한 팽륭, 돌출한 안구. 또
손의 경미한 진동. 분명히 《바세도우》 씨병. 그것
은 누구에게든 결코 깨끗한 느낌을 주지는 못한
다. 그의 좌우에는 좌석이 비어 있어도 사람들은
그곳에 앉으려 들지 않는다.〉

유승환 | 사람들이 눈치를 보는 장면이죠. 그런데 아기
를 업은 엄마가 복숭아를 떨어뜨려요.

김미정 | 〈아이 업은 젊은 아낙네가 그의 바스켓 속에서

꺼내다 잘못하여 시멘트 바닥에 떨어뜨린 한 개의 복숭아가, 굴러 병자의 발 앞에까지 왔을 때, 여인은 그것을 쫓아와 집기를 단념하기조차 하였다.)

유승환 | 그림 속 발밑에 있는 게 복숭아입니다. 지금은 복숭아가 떨어지면 버리는 사람이 더 많을 텐데, 당시에는 주워 먹었겠죠. 그런데도 여자가 놀랍게도 저 사람 옆으로 가서 떨어진 복숭아를 주울 생각을 하지 않는다는 것에 구보는 흥미를 느끼죠.

김미정 | 아.

유승환 | 그래서 노트를 펴서 뭔가를 적으려고 했는데, 갑자기 리넨 셔츠에 캡 쓴 사람, 저 삽화에 나오는 사람입니다. 삽화 제일 왼편에.

김미정 | 아, 저 뒤에요. 캡을 썼군요.

유승환 | 리넨 셔츠에 캡 쓴 사람이 자기를 물끄러미 바라보고 있는 걸 느끼고 구보 씨는 뭘 적으려다 가 덮고 길을 갑니다.

김미영 | (웃음)

김미정 | 〈구보는 이 조그만 사건에 문득, 흥미를 느끼고, 그리고 그의 대학 노트를 펴들었다. 그러나 그가 문 옆에 기대어 섰는 캡 쓰고 린네르 쓰메에리 양복 입은 사내의, 그 온갖 사람에게 의혹을 갖는 두 눈을 발견하였을 때, 구보는 또다시 우울 속에 그곳을 떠나지 않으면 안 된다.〉

대담 239

유승환 | 그렇다면 이 문장에 나오는 저 린네르 쓰메에리 양복 입은 사내. 저 사람은 누굴까요?

김미정 | 김기림?

유승환 | 저는 사복 경찰 같아요.

김미영 | 사복 경찰이요?

유승환 | 네, 사복 경찰이라고 생각해요. 여기가 경성역이고, 경성역은 경성의 출입구잖아요. 온갖 위험한 사람이 들락날락할 거고, 그래서 저는 개인적으로는 그러한 사람들을 감시하는 경찰 계통의 사람일 거라고 생각합니다.

김미영 | 아, 캡을 썼군요.

김미정 | 그래서 노트를 덮네요.

유승환 | 실제로 염상섭의 「만세전」 같은 경우, 유학생이었던 주인공이 부산으로 도착하자마자 역에서부터 경찰이 따라붙고, 다른 역 가면 또 다른 경찰이 따라붙거든요. 그러니까 식민지 시대의 수도였던 이 경성의 입구인 경성역에는 당연히 사복 경찰이 붙어요. 작중의 저 인물이 경찰이라고 단정할 순 없지만요.

김미정 | 아, 그럴 수도 있겠네요? 그런데 그 앞에서 뭔가를 적고 이러면. (웃음)

김미영 | 의심을 살 테지요.

유승환 | 병에 걸리면 병원을 가야 되잖아요. 근데 저

병자는 병원에 안 가고 지금 역 앞에 노숙하고 있습니다. 사실 노숙을 하는지 잘 모르겠어요. 어쨌든 그런데도 아무도 도와주지 않아요. 오히려 꺼려해요. 이러한 모습을 적는다는 것 자체가 당시 식민지 조선의 대도시 경성이 가지고 있는 일종의 비참함을 드러낼 수 있다는 겁니다. 그래서 적지를 못합니다. 이를테면 온갖 사람에게 의혹을 갖는 저 〈린네르 쓰메에리 양복 입는 사내〉, 저런 사람의 감시 시선이 느껴지죠. 현실적으로는 검열이었을 거라고 생각합니다. 그 모습을 기록하려다 못 써요.

김미정 │ 또 한 장면은 어디였죠?

유승환 │ 그 전에 의미심장한 장면이 하나 있습니다. 그 이야기를 먼저 해볼게요. 전차에서 내려 아마 장곡천정인가? 거기에 있는 친구의 찻집을 찾아가는데 주인이 없어요. 다시 나와서 어디로 갈까 하다가 갑자기 서소문정에 가겠다는 생각을 하거든요. 그런데 갑자기 두통과 현기증을 느낍니다. 그래서 서소문정에 가는 걸 포기해요.

김미정 │ 〈한길 위에 사람들은 바쁘게 또 일 있게 오고 갔다. 구보는 포도 위에 서서, 문득, 자기도 창작을 위해 어디, 예하면 서소문정 방면이라도 답사할까 생각한다.《모데로노로지오》를 게을리하기 이미 오래다. 그러나, 그러한 생각과 함께 구보는 격렬한 두통을 느끼며, 이제 한 걸음도 더 옮길 수 없을 것 같은 피로를 전신에 깨닫는다. 구보는 얼마 동안을 망연히 그곳, 한길 위에 서 있었다…)

유승환 | 이곳이 재미있는 대목입니다. 〈서소문정에 왜 못 갈까?〉라는 문제가 일단 하나가 있잖아요. 서소문정이라고 하면 서촌으로 가기 위한 입구입니다. 지금도 시청에서 서소문동을 지나 죽 올라가면 서대문 쪽으로 가는 큰 길이 나오죠. 그렇게 서대문, 소위 서촌으로 죽 가면 마주치는 장소들이 독립문이나 서대문 형무소 같은 곳이죠. 그러니까 사라져 버린 조선, 혹은 조선 독립의 문제를 떠올리게 하는 공간들이에요. 그렇다면 거기서 무엇인가를 기록한다는 것에 공포를 느낀 것이 아닐까.

김미영 | 검열을 의식한다는 거겠지요.

유승환 | 정작 검열이 두렵다고 말하지는 못합니다. 사실 검열 때문에 검열에 대해서조차 말하지 못하는 거죠. 그 대신 구보는 자기가 신경 쇠약에 걸려서 거기에 가지 못한다고 말해요. 근데 이게 말이 안 되는 게, 이 작품 초반에 구보는 〈나는 밥도 잘 먹고, 잠도 잘 잔다〉고 합니다. 그런데도 신경 쇠약이라고 해요. 농담이에요. 일부러 그렇게 말한 거예요.

김미정 ｜ 아, (웃음) 앞의 3화에 이런 대목이 있어요. 〈한낮의 거리 위에서 구보는 갑자기 격렬한 두통을 느낀다. 비록 식욕은 왕성하더라도, 잠은 잘 오더라도, 그것은 역시 신경 쇠약에 틀림없었다.〉

유승환 ｜ 그 당시 신문 기사를 보면 신경 쇠약의 증세로 많이 언급되었던 것이 불면과 소화 불량이에요. 그렇다면 반대로 밥도 잘 먹고 잠도 잘 자는데 신경 쇠약일 리가 없잖아요. 그러면서 구보는 〈그럼 내가 언제부터 이런 신경 쇠약에 걸렸을까?〉 하며 11화부터 『춘향전』 이야기를 합니다. 박태원의 다른 산문을 보면 자신의 문학적인 경험의 시작으로서 취학 이전에 『춘향전』을 탐독했던 경험을 이야기합니다. 그러니까 『춘향전』을 읽은 것은 박태원 문학의 출발점이죠. 그런데 박태원은 바로 그 춘향전을 볼 때부터 내가 이미 신경 쇠약에 걸릴 운명이었다고 말하는 셈입니다.

김미정 ｜ 작가의 운명.

유승환 ｜ 작가는 신경 쇠약이라는 병에 걸리는 존재라는 거예요. 그러니까 이 식민지 조선에서 문학을 한다는 것 자체가 일종의 공포, 신경 쇠약이라는 이름으로 가장되는 공포를 말한다고 생각합니다. 작품을 조금 더 보면 최서해라는 사람이 나와요. 1920년대의 가장 가난했던 작가. 김동인의 말에 의하면 조선 작가 중에서 유일하게 최저 생활을 경험해 본 사람, 그게 최서해죠. 구보 씨는 최서해에게 그의 소설책 『홍염』을 받았는데 하나도 안 읽어 봤다. 하지만 최서해도 신경 쇠약임에 틀림이 없었을 것이다! 이게 뭔 말입니까, 도대체.

김미정 | (웃음)

유승환 | 최서해의 소설을 안 읽었지만 최서해도 신경 쇠약이라고 단언한 이유는 어떤 것일까. 그러니까 서소문 답사를 가지를 못하고 그 이유를 신경 쇠약으로 이야기하면서, 그 신경 쇠약이라는 병을 문학적인 경험으로 혹은 조선인 문학가들, 작가들의 어떤 운명 등의 것들과 결부시켜서 이야기합니다. 그러면서 식민지 조선의 가장 비참한 광경을 소설로 그렸던 작가인 최서해를 자신과 동류로 언급하는 대목은 의미심장합니다.

김미정 | 그 부분을 좀 더 자세히 읽어 봐야겠습니다. 흥미롭네요. 그렇게 시대상을 드러내는군요. 그러면 다시 두 번째 노트를 여는 장면은 어디인가요?

유승환 | 두 번째 노트를 여는 데는 어디냐. 제일 마지막에 카페에 가는 장면에서입니다. 아마 그때 등장하는 벗은 이상으로 추측됩니다. 그 친구와 카페를 가서 여급들이랑 노는데, 하는 짓이 뭐냐면요, 노트를 연 다음에 정신병 이름을 써요.

김미정 | 아, 너무 재밌었어요, 27화의 그 병의 이름을 나열하는 부분이요.

유승환 | 그러면서 너는 무슨 병. 뭐 너는 무슨 병. 그 자리에 있던 벗이 물어보죠. 〈그럼 너는 뭐냐〉라고 하면 〈나는 다변증이다〉 하죠. 그러면서 노트를 찢어서 어린 여급한테 주고 〈너 내일 나랑 놀러 갈래?〉 합니다. 그 고현학이라는 거, 모데로노로지오라는 걸 하기 위해서 노트를 들고 왔음에도, 그 노트를 펼쳤다가 접고 혹은 가려던 곳을 가지 못하고. 그리고 노트를 펼쳐 무언가를 쓸 수 있었던 유일한 공간은, 밤에 친구와 함께 갔던 은밀한 카페뿐이었습니다. 카페 여급들과 이렇게 놀 때만 그 노트를 펼쳐 무언가를 적을 수 있었습니다.

김미정 | (웃음) 슬픈 현실을 유쾌하게 표현했습니다.

유승환 | 제가 봤을 때 이 소설은 고현학을 하려고 했는데 하지 못한 이야기입니다. 그래서 하지 못한 이야기가 너무 많습니다. 보통이라면 이를테면 바세도우씨 병을 앓고 있는 이 환자는 어떤 내력을 가진 사람일까? 여기서부터 시작을 해서 조금 더 자세히 관찰을 하거나 최소한 여러 상상들을 펼쳐야 하는 것일 텐데, 결국 복숭아 떨어진 이야기를 끝으로 구보는 더 이상 아무것도 적지 못하죠. 또한 구보는 사라진 〈조선〉을 암시하는 여러 역사적 유물들이

놓여 있는 서촌의 입구로서 서소문정을 답사하고 싶었지만 가지 못하죠. 그곳에 갈 수 없게끔 하는 자신의 신경 쇠약을 호소할 뿐입니다. 그래서 저는 이 작품이 사실은 고현학의 성공이 아니라 고현학의 실패를, 그리고 그럴 수밖에 없는 식민지의 상황과 조건을 보여 준 것이라고 생각합니다.

사실 아까 제임스 조이스 말씀하셨지만, 이 점에서 박태원은 제임스 조이스와 조금 다를 수 있을 것입니다. 『율리시스』는 아일랜드 자유국의 수립 가능성이 보이기 시작한 무렵에 출판된 소설입니다. 그렇게 본다면 〈구보 씨〉는 훨씬 더 혹독한 정치적 억압과 검열의 한가운데 있었던 식민지 조선의 시간을 그려 내고 있다는 점에서 조이스의 소설과는 다른 의미가 있다고 볼 수 있겠지요. 다른 한편으로는, 아까 박태원을 비롯한 구인회에 소속된 작가들이 가졌던 예술가로서의 자의식과 정체성에 대해 말씀드렸지만, 그러한 자의식과 정체성이 단순히 소설의 형식이나 기술과 관련된 것만은 아니라는 점도 강조하고 싶습니다. 〈구보 씨〉를 더 꼼꼼히 읽는다면, 이 작품은 단순히 형식상의 시험이라는 측면에서뿐만 아니라, 당대 경성의 식민지적인 상황과 조건을 대단히 예리하게 드러내고 있다는 점에서도 그 의미가 있다고 하겠습니다.

김미정 │ 고현학의 실패담이라고 이야기하셨지만 그것
도 하나의 어떤 시도로써 볼 수 있나요? 실패한
현실을 보여 주는 것으로서요.

유승환 │ 네, 고현학의 실패를 보여 주는 것은 곧 그것
을 불가능하게 했던 식민지의 현실을 보여 주는
것입니다. 그러니까 고현학이라는 방법으로 지금
한참 발전하고 있는 일본 제국의 모더니티를 그
릴 수 있는 것은 오직 일본인일뿐, 구보와 같은
조선인들은 결코 고현학의 주체로 설 수 없다는
것을 이 작품은 보여 줍니다. 대신 일본의 학자들
이 조선에 와서 조선의 낙후된 모습들을 그리려
한다면, 그러한 고고학의 연구 대상은 될 수 있겠
죠. 그 점에서 이 작품은 고현학을 의식하면서도,
제국의 방법론인 고현학은 식민지 작가에게 필연
적으로 실패한 방법론이 될 수밖에 없다는 것을
보여 줌으로써 역설적으로 식민지의 현실을 날카
롭게 드러내고 있는 작품이 아닌가 합니다.

김미영 │ 고현학에 대해 유 선생님의 설명을 듣고 새로
알게 된 부분이 많습니다. 이 작품이 고현학을 적
용할 수 없는 경성의 상황이나 당시의 검열 제도
등을 역으로 보여 준다고 생각하니 작품의 의미
가 새롭게 다가오네요.

유승환 │ 이를테면 박태원이 진짜 고현학 하겠다고 어딘

가 높은 데 올라가 앉아 하루 종일 경성 시내를 내려다보며 노트에 뭔가를 적고 있었으면 어떻게 되었을까요? 아마 굉장히 높은 확률로 붙잡혀 갔을 겁니다.

김미영 | 예, 그랬겠지요.

유승환 | 식민지라는 상황 속에서 여기저기를 관찰하고, 그것을 지식으로 만들 수 있는 것은 사실 정치 권력을 가지고 있는 식민 지배자들이었고, 피식민지 작가로서의 박태원은 상황이 달랐던 겁니다. 그런 상황을 인식하게 된 작품이 이 소설이라고 저는 생각합니다. 그래서 〈구보 씨〉 이후의 박태원 문학에 대해서는 고현학을 통해서는 잘 이야기하지 못한다고 개인적으로 판단합니다. 물론 다르게 생각하시는 분도 계시겠지만요.

시간의 흐름 속에서 다시 만나는, 〈구보〉라는 캐릭터

김미정 | 많은 이야기들을 해주셨습니다. 아직 궁금한 게 더 있습니다. 〈구보〉라는 캐릭터에 대해서입니다. 시대를 지나면서 다른 작가들도 이 캐릭터를 이용해서 소설을 썼습니다. 이게 어떻게 된 일이죠? 그만큼 이 캐릭터가 한국 문학사에서 의미를 획득했다고 볼 수 있나요?

유승환 │ 네. 저는 구보 씨가 식민지 예술가의 초상이었다고 생각합니다. 그런 관점에서 구보를 다시 쓰고 있는 작가 중에 유명한 사람은 최인훈이에요. 최인훈은 대체로 우리가 해방됐지만 여전히 식민지적 상황에서 벗어나지 못했다는 인식을 바탕으로 소설을 쓰고 있는데요. 바로 이러한 맥락에서 식민지 작가의 초상인 구보 씨를 가져오고 있습니다. 최인훈의 『소설가 구보 씨의 일일』에서도 구보는 역시 한편으로 굉장히 유머러스하면서 유쾌하게 무엇인가 관찰하지만, 그럼에도 불구하고 지금 현재의 풍속과 현상들에 대해서 비판적인 관찰을 놓지 않는, 그러한 예술가의 초상으로 설정되었습니다. 최인훈은 한국 문학의 전통을 굉장히 열심히 읽었던 작가이기도 하고, 또한 최인훈이 살았던 당대의 한국의 정치적이고 문화적인 상황에서 그 전통을 어떻게 다시 이해하고 활용할 수 있을지에 대해서 깊은 고민을 보여 준 작가입니다. 박태원의 작품을 이해하기 위해서라도 최인훈과 같은 작가의 작품을 읽는 것이 도움이 될 겁니다.

박태원의 두 번째 삶, 월북 이후

김미정 │ 박태원은 월북을 했습니다. 독자들이 「소설가 구보 씨의 일일」을 읽을 때 이 지점에 대해서도 같이 생각해 보는 것이 좋을까요?

유승환 │ 박태원의 문학을 본격적으로 살펴본다고 할 때 주의해야 할 점은 박태원의 후기 소설, 특히 해방 이후의 소설이 「소설가 구보 씨의 일일」과 상당한 차이가 있다는 점입니다. 1934년과 1945년, 즉 10여 년 이상의 시차를 두고 박태원 작품성이 어마어마하게 변하거든요. 정말로 많이 변해요.

김미정 │ 월북 작가들에 대한 출판 및 유통이 금지되었다가 1988년에 해금됩니다. 다 짚고 갈 순 없겠지만, 그 사이 또는 북한으로 넘어간 이후에도 작품 활동을 했다고 압니다. 박태원 작가의 전반적인 문학 세계 변화의 굵직한 특징을 알려주시면 앞으로 작품을 읽어 가는 데 도움이 되겠습니다.

유승환 │ 박태원이 사실 소싯적부터 가지고 있던 중요한 취미 중 하나는 중국 고전을 보는 것이었습니다. 이를테면 그의 수필을 보면 이런 장면이 있어요. 박태원이 결혼 후 살림을 하고 있는데, 부인이 자꾸 바가지를 긁습니다. 〈할 일 없으면 애 좀 봐라〉 하면 박태원은 〈원고 쓸게〉라고 대답했다고 해요. 원고를 써야 생활이 가능한 전업 작가였기 때문에 그렇게 말하고 집필실로 피난 가는 것이 가능했죠. 그런데 집필실로 들어간 박태원은 정작 원고는 쓰지 않고 중국 고전 소설을 읽습니다.

실제로 박태원은 중국 고전 소설을 무척 좋아했고 많이 읽었습니다. 『삼국지』라든가 『수호지』라든가 『서유기』 등의 유명 소설을 번역하기도 하죠. 박태원의 작품 세계에서 서구 문화 예술에 대한 관심이 한 축이었다면, 중국 고전에 대한 폭넓은 관심과 지식은 또 다른 한 축을 형성합니다. 이를테면 박태원의 데뷔작은 「해하의 일야」라는 작품입니다. 『초한지』에 나오는, 항우가 최후를 맞이하는 순간을 다시 쓴 단편 소설이에요. 그러나 데뷔작 이후 초기 작품에서는 그런 중국 고전에 관한 관심과 흥미가 충분히 발현되지 않습니다. 하지만 1930년대 후반 들어가며 일본의 검열이 더 심해지면서 중국 고전에 대한 박태원의 관심이라는 축은 극적으로 활성화됩니다. 이 시기 검열에 대처하기 위한 방식으로서 박태원이 중국 소설의 번역을 선택하기 때문이지요. 그리고 이러한 중국 소설 번역의 경험을 바탕으로 하여, 해방 이후의 박태원은 역사 소설가로서 변신하게 됩니다. 그 시기 박태원의 작품은 아동 문학을 제외한다면 모두 역사 소설입니다. 이러한 박태원 후기 문학의 특징을 이해하기 위해서는 그가 가지고 있었던 또 다른 문학적 자원으로서 중국 고전과 역사에 대한 관심에 주목할 필요가 있습니다.

아울러 잘 알려져 있듯이 박태원은 해방 후 한국 전쟁 중 월북을 하게 됩니다. 박태원의 월북 과정과 동기는 사실 아직 분명하게 밝혀져 있지 않습니다. 매우 조심스럽게 이야기해야 할 부분이지요. 하지만 그와 친했던 상허 이태준의 경우가 보여 주듯이, 구인회 출신 작가 중 적지 않은 수가 해방기에 좌익 계열의 문학 활동과 관계를 맺으며, 또 그중 몇몇은 월북하거나 납북되기도 하였습니다. 이러한 점에서 박태원의 월북과 월북 이후의 작품들에 대해 이야기하기 위해서는 이태준, 정지용, 김기림 등 구인회 동인이자 박태원의 친구였던 문인들이 해방 이후 공통적으로 겪었던 사상적 변화의 문제 등도 살펴볼 필요가 있겠습니다.

다시, 박태원과 이상 읽기

김미정 │ 한 작가의 긴 창작 세계를 이 짧은 시간에 다 이야기할 수는 없겠습니다. 많은 논문과 작품이 있으니 관심 있으신 독자들은 찾아서 읽으시리라 생각합니다. 지금까지 폭넓게 많은 이야기를

했습니다만, 마지막으로 〈개인적으로〉 느끼는
「소설가 구보 씨의 일일」의 매력 포인트를 묻고
싶습니다.

유승환 | 사실 지금까지 너무 많은 말을…. (웃음)

김미정 | 네. (웃음) 모든 매력을 다 꺼내 주셨습니다.
이야기 초반엔 이 작품의 특징으로서의 매력을
알려주셨다면, 개인적으로 느끼는 지점도 있을
것 같습니다. 두 분, 이렇게까지 열정적인 표정을
보니, 분명히 이야기가 있을 것 같아요.

유승환 | 「소설가 구보 씨의 일일」이 어렵게 느껴지는
작품일 수 있지만, 제가 생각하는 이 작가는 기본
적으로 어려운 작가가 아닙니다. 저는 박태원이 유
머러스한 사람이라고 생각합니다. 박태원 소설 중
적지 않은 작품들이 그렇습니다만, 〈구보 씨〉 역시
모든 문장들 하나하나에 위트가 느껴집니다. 그런
부분을 읽어 내며 같이 웃을 수 있다면 이 겉으로
는 다소 어려워 보이는 작품을 한층 더 재미있게
읽을 수 있을 것이라고 생각합니다.

김미정 | 이 작품과 함께 읽으면 매력을 더 깊게 느끼
겠다는 작품 한두 개만 더 소개해 주십시오.

유승환 | 일단 청계천변 사람들의 삶의 풍경을 따스하
면서도 유머러스하게 그려 낸 『천변풍경』이 있습
니다만, 너무 긴 작품이긴 하네요. 짧은 것으로 추

천할 작품은 가난한 사람들이 모여 사는 더러운 골목 안의 풍경과 이들이 가지는 작은 욕망들을 역시 따뜻하면서도 위트 있는 시선으로 다룬 「골목 안」이 우선 떠오릅니다. 그 외에 소위 〈사소설〉 계열에 속하는 작품 중 「채가」라는 작품도 재미있습니다. 자전적 소설인데, 요즘 식으로 이야기하면 주택 담보 대출과 관련된 이야기거든요.

김미정 │ 재미있게 느껴진다, 벌써부터. (웃음)

유승환 │ 「채가」 같은 작품에서는 사실 일제 말기 소위 친일 협력 문학을 하라는 요구에 맞닥뜨린 박태원의 내면 풍경이 드러나는 작품이라 흥미롭습니다. 끊임없이 빚 독촉을 당하면서도 빚을 해결하기 위해 빚쟁이를 찾아가는 순간을 한없이 늦추고만 싶은 주인공 〈나〉의 마음에서, 사실 친일 문학을 하라는 굉장한 압력에 시달렸을 박태원의 내적 번민이 느껴집니다.

또한 초기의 작품 중에서 박태원이 가지고 있는 예술가로서의 정체성을 가장 잘 보여 주는 작품으로 「적멸」이 있는데요. 아까 말씀드렸듯이 박태원이 스스로 그린 삽화도 실려 있고요. 이것도 재미있는 작품이라고 생각합니다. 월북 이후의 작품 중에서는 가장 유명한 것이 『갑오농민전쟁』이지만, 사실 저는 이 작품의 프리퀄이라고 할 수 있는 『계명산천은 밝아오느냐』쪽이 훨씬 좋은 작품이라고 생각합니다. 쉽고 재미있게 읽을 수 있는 역사 소설이지만, 또 보통의 역사 소설과는 다른 박태원만의 독특함, 남다름이 느껴지는 역사 소설입니다. 오늘 이상과 박태원의 관계에 대한 이야기가 많이 나왔는데요. 박태원은 이상의 이야기를 여러 차례 소설로 쓰기도 했습니다. 관심 있으신 분들은 「애욕」,「염천」과 같은 단편 소설이나 「제비」와 같은 코믹한 콩트를 찾아 읽어 보셔도 좋겠습니다.

김미정 │ 네, 나중에 이상과 박태원의 삶이 직접 연결된, 지금 언급해 주신 작품들을 독자와 같이 읽고 이야기하는 시간을 가지면 재밌겠습니다. 「소설가 구보 씨의 일일」에 이상의 예술성이 더해져서 훨씬 더 매력을 발산한다는 생각이 듭니다. 오늘 김미영 선생님께서 이상의 예술관에 대한 이야기를 해주셔서 그의 삶과 문학관의 형태가 어느 정도 잡힌 것 같습니다. 이상의 작품 중에서 독자들에게 추천할 작품이 있다면 어떤 작품인가요?

김미영 │ 역시 「날개」가 짜임새나 문장 등에서 가장 추천할 만합니다. 지금 다시 읽어 보아도 정말 좋습니다. 「종생기」도 좋습니다. 장편 「12월 12일」도 나름 색다르고 재밌어요. 다른 작가들의 일반적인 장편과 구성 방식이 너무 달라요. 이상의 첫 소설인데,

너무 개성이 강해서 이상을 잘 모르는 독자가 읽으면 조금 혼란스러울 수 있어요. 그래도 퍼즐을 푸는 마음으로 읽어 보면, 재밌는 작품입니다. (웃음)

김미정 | 선생님, 일반적인 소설 형식이 아닌, 그렇게 따라가기 힘든 개성 있는 작품을 읽을 때 노하우도 같이 말씀해 주셔야 합니다. (웃음)

김미영 | (웃음) 이상의 소설은 작품의 안과 밖이 맞물려 있는 경우가 많아요. 일단 구성법이나 형식에서 워낙 색달라요. 그래서 내용 파악이 쉽지가 않지요. 시도, 소설도 그래요. 작법에 조형 예술적인 신기술을 마구 도입하고 있어요. 예를 들면 건축에서 〈상호 관입〉이라는 개념이 있는데, 공간을 설계할 때 밖과 안, 외부와 내부가 구별되지 않고 서로가 관통되는 구조입니다. 포스트모던한 건물에 많이 나타나는 기법인데, 이상의 소설 중에는 서사의 구조가 상호 관입된 경우가 있어요. 또 콜라주 방식이거나 큐비즘적으로 다시점주의가 채택된 작품도 있지요. 정말 이상한 이상의 소설은 수수께끼를 푸는 마음으로, 퍼즐을 짜 맞추는 재미로 읽어야 할 것 같아요.

김미정 | 네. 그 당시에는 전통적인 서사 방식의 이야기들이 인기가 많고 익숙했는데, 그런 시대에 이런 시도를 했다는 예술가들이 있었다는 게 고무적이

고 자부심도 생기네요. 이 두 작가의 작품들을 더 살펴보고 싶다는 생각이 듭니다. 오늘 독자들을 위한 이 대담에 참여해 주셨는데, 어떠셨나요?

유승환 | 아, 질문이 너무 어려워가지고.

김미영 | 질문지 받았을 때 전 좀 놀랐습니다.

유승환 | 『율리시스』 안 읽었는데 뭐라고 이야기를 해야 되나.

김미정 | (웃음)

유승환 | 벼락치기 공부 좀 하고 왔습니다. (웃음)

김미영 | (웃음)

김미정 | 제가 죄송합니다.

김미영 | 일간지 학예면의 역할에 대한 질문도 있었지요. (웃음)

김미정 | 사실은 두 전문가 선생님들을 모시니 긴장하면서 열심히 했습니다. 초보적인 질문들에도 상세히 말씀해 주시고, 재밌는 이야기들을 많이 해주셔서 공부가 되었고, 「소설가 구보 씨의 일일」이라는 작품에 더 큰 애정을 가지게 되었습니다. 이런 방식의 대담을 독자들도 재밌게 읽어 주실 것 같습니다. 함께해 주셔서 감사합니다. 앞으로 더 재밌는 프로젝트를 만들어서 찾아뵙도록 하겠습니다.

2023년 9월 9일, 소전문화재단 학이재에서

김미영

현 홍익대학교 교양교육원 교수. 서울대 국문학과에서 수학하고 문학 박사를 받았다. 문학 평론가로도 활동하며 아마추어 화가로 1회의 개인전, 다수의 동인전에 참여한 경험을 바탕으로 한국 근대 문학과 한국 근대 미술의 상호 작용에 관한 연구를 하였고, 이상과 관련된 연구도 하였다. 이상과 관련된 논문에는 「이상의 문학과 꼴라쥬」(2010), 「큐비즘으로 본 이상의 문학」(2016), 「이상의 소설에 나타난 죽음과 신, 그리고 니체적 사유」(2017) 등이 있다.

유승환

현 서울시립대학교 국어국문학과 교수. 서울대 국문학과에서 수학하고, 동 대학원에서 문학 박사 학위를 받았다. 한국 근현대 소설에 나타난 하위 주체의 모습을 근간으로 한국 근현대 소설사의 정치성을 비판적으로 재구성하려는 시도를 하고 있다. 박태원과 관련된 주요 논문으로 「시선의 권력과 식민지의 비가시성─『소설가 구보 씨의 일일』과 『악마』에 나타난 질병의 의미」(2017), 「스펙터클에 맞서는 문학의 언어─박태원의 『계명산천은 밝아오느냐』론」(2015) 등이 있다.

김미정

도서 기획 편집자. 고전 문학, 예술, 건축 등의 분야를 아우르며 책을 만들었다. 현재 소전문화재단에서 문학에 관한 다양한 프로그램을 기획하고 있다.

대담

소설가 구보 씨의 일일

박태원 소설   **이상** 그림

대담: 김미영, 유승환, 김미정
감수: 유승환

발행일: 2023년 10월 20일 초판
2024년 10월 30일 초판
발행인: 김원일
발행처: 소전서가
　　　　[주소] 서울시 강남구
　　　　영동대로138길 23
　　　　소전문화재단
　　　　[전화] 02 511 2016
　　　　[홈페이지] sojeonfdn.org
　　　　[인스타그램] sojeonseoga
기획·편집: 소전문화재단
디자인: 신신

ISBN 979-11-982750-2-8 (02810)

소전서가는 소전문화재단의 출판 브랜드입니다.

소전문화재단
누구나 문학을 곁에 두고 그 안에서 펼쳐지는
크고 작은 담론에 관계할 수 있도록 독서를 장려하고
소설 창작을 후원하는 문학 재단입니다.
문학도서관 〈소전서림〉과 출판사 〈소전서가〉,
읽는 사람들의 온라인 커뮤니티 〈읽는사람〉을
운영하고 있으며, 소설가들의 장편소설 집필 활동을
후원하는 레지던스 〈두내원〉을 준비하고 있습니다.